马焯荣◎著

老兵情

马焯荣诗集

中国社会科学出版社

图书在版编目(CIP)数据

老兵情:马焯荣诗集/马焯荣著. —北京:中国社会科学出版社,2017.3

ISBN 978-7-5203-0057-5

Ⅰ.①老… Ⅱ.①马… Ⅲ.①诗集—中国—当代 Ⅳ.①I227

中国版本图书馆 CIP 数据核字(2017)第 054309 号

出 版 人	赵剑英
责任编辑	熊 瑞
责任校对	韩海超
责任印制	戴 宽

出 版	中国社会科学出版社
社 址	北京鼓楼西大街甲 158 号
邮 编	100720
网 址	http://www.csspw.cn
发行部	010-84083685
门市部	010-84029450
经 销	新华书店及其他书店

印刷装订	北京君升印刷有限公司
版 次	2017 年 3 月第 1 版
印 次	2017 年 3 月第 1 次印刷

开 本	710×1000 1/16
印 张	19.75
插 页	2
字 数	238 千字
定 价	86.00 元

凡购买中国社会科学出版社图书,如有质量问题请与本社营销中心联系调换
电话:010-84083683

版权所有 侵权必究

《马焯荣诗集》序

张 炯

马焯荣先生比我年长,他要出版诗集,蒙他厚爱,嘱我作序,实不敢当。因我对诗,素少研究,对古体诗尤少问津。自问难以说到点子上。马先生曾赠我大作《中国宗教文学史》,使我得益匪浅。他早年从军,一生于文学编辑和著述多有成就。但我孤陋寡闻,竟不知他还写诗,而且数量庞大,竟能编成十卷,实在佩服!他写的是古体诗或新古体诗,题材广泛,形式多样,此外还写有许多诗论。我也年过八旬,视力不济,文稿中的小号字体尤难阅读,勉力花了多天,才把他的诗稿披阅一遍。给我的印象是,第一,他非常勤于为诗,所写涉及现实生活的许多方面,既有缅怀革命先辈和历代贤人的,也有歌颂新社会变化和讽刺现实负面形象的,还有吟咏名山胜水、各地风情的,更有抒写亲情、友情以及自己的闲情逸致的。其中也不乏扬善嫉恶、悲天悯人之作。从他的诗,不仅可以看到他的生平轨迹、人世情怀,也可以看到时代的印痕和历史的风云。第二,他主要写五、七言体的古诗和格律不那么严格的新古体诗,还填有少量的词,以及少量长篇歌行和打油体的诗。其中,类似绝句的七言诗体为多。他常常以现代语言入诗,显得不拘一格。第三,他的诗论自是他为诗的经验之谈,心得之语。独出机杼,颇多真知灼见,足以启示后学。

我国诗歌自《诗经》、楚辞、汉乐府和古体诗,以迄唐诗、宋词、元曲和现代新诗，可以说"时运交移，质文代变"。但几千年古体诗的演变中，总与音乐有不解之缘，总讲究格律声韵。新诗虽为之一变，但也仍有讲究格律，讲究节奏和押韵的，并非都是自由体。五四之后，一时间古体诗似乎被新诗打倒，被新诗取代，实际上仍然打而不倒，取而难代。百多年来，写古体诗和喜爱古体诗的仍然众多。毛泽东的诗词脍炙人口，自不待言。期间，学者写得好的也有钱锺书、聂绀弩、饶宗颐、胡绳等。如今，中华诗词学会会员上万，《中华诗词》的发行量也历久不衰。各地倡写古体诗的诗社数以千计。而新古体诗的倡导，更摆脱传统古体诗的严格韵律，有利于吸引更多人去写作。所以，现今的我国诗坛实际上是新诗和古体诗双水分流，各行其道。虽然诗坛的主流已是新诗。古体诗和新古体诗人仍能存活并被许多人喜爱，我想，这当与我国文化传统的绵延和古体诗与新古体诗具有更多音乐性分不开。

  窃以为，无论新诗或古体诗都贵在有诗意。诗是长于抒情的文体。所谓诗意是情与意的结合，又通过美的形象或意象、意境表现出来。情真、意挚、象美，三者缺一不可。没有诗意，徒有形式，无论新旧，恐怕都难以成为好诗。我相信好诗往往出于灵感，激情所至，意有所得，浮想联翩，便容易出好诗。虽然古今的诗人也有苦吟的，如孟郊、贾岛那样"两句三年得，一吟双泪流"。马焯荣先生的诗，有许多是发自灵感的，写得自然，又有韵致。但也有勉力为之却乏诗意之作。他嘱我为他筛选，我既不敢，也无此能力。毕竟每一首诗都是他的心血所凝，作为他一生诗歌创作的全集，能够体现他的诗歌的全貌，使后人得窥先生一生诗作反映的情怀与时代，也自有它的价值在。

  姑妄言之，权为代序。

二〇一六年三月十三日

目　录

第一卷 ································ （1）
　　胸章 ······························ （1）
　　打靶 ······························ （1）
　　老兵复员 ·························· （1）
　　钱塘观潮 ·························· （1）
　　老兵梦 ···························· （2）
　　旧情新梦 ·························· （2）
　　八一抒怀 ·························· （2）
　　读陆游《示儿》并和原韵 ············ （2）
　　古今逢 ···························· （2）
　　身心 ······························ （2）
　　2012 纪事 ·························· （3）
　　面对自家戎装老照片 ················ （3）
　　观电视"天宫""神九"对接书怀 ······ （3）
　　寻找钓鱼岛 ························ （3）
　　抗日上将张自忠 ···················· （4）
　　《国歌》高唱进行时 ················ （4）
　　儿歌老唱 ·························· （4）

爱竹吟	（4）
独秀峰礼赞	（4）
观《湘莲曲》	（4）
火凤凰赞并序	（5）
女子特警队	（5）
观电影《集结号》	（5）
中国人权宣言	（5）
黄金救援72小时	（5）
八一南昌起义纪念馆巡礼	（5）
赋得"野渡无人舟自横"	（6）
荧屏前观阅兵大典	（6）
贺南昌老战友晚结同心	（6）
任长霞赞（二首）	（6）
挽任长霞	（7）
华夏维和士兵抒情	（7）
问天赞	（7）
老艇长	（7）
2013解放军新闻人物（二首）	（7）
忆战友诗人韩笑	（8）
祖国未来保卫者	（8）
拼刺刀	（8）
病榻弥留答战友	（9）
中国火箭军	（9）
蓝天亮剑	（9）
观CCTV战士之星表演	（9）
老兵吟	（9）
小兵闹出世	（9）

重访湛江 …………………………………… (10)

黄花岗 ……………………………………… (10)

文艺战友长沙聚会 ………………………… (10)

1998年盛夏闻子弟兵抗洪感赋 …………… (10)

生查子·三口之家 ………………………… (11)

夜梦雷声 …………………………………… (11)

赋得"夕阳无限好" ………………………… (11)

老兵情 ……………………………………… (11)

第二卷 ……………………………………… (12)

1965年元旦试笔（二首） ………………… (12)

悼念毛主席逝世一周年（二首） …………… (12)

迎国庆 ……………………………………… (13)

建国五十周年之夜 ………………………… (13)

黄河颂 ……………………………………… (13)

延安颂 ……………………………………… (13)

郭湘老师传天火 …………………………… (13)

韶山颂 ……………………………………… (13)

周恩来 ……………………………………… (14)

环卫工人赞 ………………………………… (14)

无偿献血赞 ………………………………… (14)

清官颂 ……………………………………… (14)

代温总理立言（二首） …………………… (14)

温总理为农民工讨债颂 …………………… (15)

灭鼠颂 ……………………………………… (15)

鬼怒（二首） ……………………………… (15)

巴以冲突三周年叹 ………………………… (15)

喜闻我国发射太空飞船成功(1999年)	(16)
为神舟五号壮行(2003年)	(16)
香港万众欢迎杨利伟	(16)
王震长征路上留影	(16)
中华元宵	(16)
扬眉歌	(17)
浏阳花炮赞(二首)	(17)
重返故居	(17)
长沙之夜	(17)
星空	(17)
喜逢双千年	(18)
回乡梦	(18)
天梯	(18)
刘三姐续传	(18)
人民英雄纪念碑	(18)
盼统一	(18)
民族至上	(19)
天雷公颂	(19)
警贪	(19)
变法颂(2004)	(19)
忆农家友人	(19)
中央电视台演播室	(20)
松林	(20)
元夕迎月	(20)
农民工李学生赞	(20)
歌手丛飞赞	(20)
在公共汽车上	(20)

交规模范遵守者 …………………………………… (21)

白头乐 …………………………………………………… (21)

魅力上海世博会(四首) ………………………………… (21)

颂歌献给我中华(组诗) ………………………………… (22)

夜梦百花开出"中国万岁"奇观(二首) ……………… (22)

辛亥百年祭 ……………………………………………… (22)

大撤侨 …………………………………………………… (23)

风景这边独好 …………………………………………… (23)

三沙市 …………………………………………………… (23)

公交车里童车梦 ………………………………………… (24)

古龙吟 …………………………………………………… (24)

兴华颂 …………………………………………………… (24)

铁道员工新春寄语 ……………………………………… (24)

牡丹三颂 ………………………………………………… (24)

湘西矮寨大桥 …………………………………………… (25)

贵州大射电望远镜 ……………………………………… (25)

和珅惧 …………………………………………………… (25)

温总理答台湾记者问 …………………………………… (25)

红烛颂 …………………………………………………… (26)

挽英雄教师谭千秋 ……………………………………… (26)

阳光留守学校校长陈万霞 ……………………………… (26)

英雄客运司机吴斌赞 …………………………………… (26)

贺《富春山居图》台北合璧展出(二首) ……………… (26)

2012 感动中国人物(二首) …………………………… (27)

2013 感动中国人物(四首) …………………………… (27)

中国人 …………………………………………………… (28)

怀抱 ……………………………………………………… (28)

根 …………………………………………………… (28)

难忘那一刻 ………………………………………… (28)

中国速度 …………………………………………… (29)

庆港珠澳大桥通车 ………………………………… (29)

苏州园林赞 ………………………………………… (29)

颐和园抒情 ………………………………………… (29)

舟泊南京 …………………………………………… (29)

铭心国耻 …………………………………………… (30)

鸠山友纪夫 ………………………………………… (30)

观红梅图 …………………………………………… (30)

美景 ………………………………………………… (30)

人字瀑 ……………………………………………… (30)

长沙晓园即景答唱衰中国论 ……………………… (30)

九月山乡梦 ………………………………………… (31)

CCTV新闻人物高德荣 …………………………… (31)

2014感动中国人物（三首）……………………… (31)

2015感动中国人物（三首）……………………… (31)

习马会 ……………………………………………… (32)

登杜甫江阁 ………………………………………… (32)

机耕三令并序（三首）…………………………… (32)

卜算子·1962年中秋赏月 ………………………… (33)

蝶恋花·谒板仓 …………………………………… (33)

第三卷 …………………………………………… (34)

1980年湖南省戏剧季纪事 ……………………… (34)

观《巧婚记》……………………………………… (34)

论诗（七首）……………………………………… (34)

诗品四题(四首) …………………………………… (35)
诗魔(二首) ………………………………………… (36)
嘲绝句小令作手兼自嘲 …………………………… (36)
贺诗并序 …………………………………………… (37)
电视报道中国残联艺术团访外演出(二首) ……… (37)
观《城南旧事》……………………………………… (37)
观《大篷车》………………………………………… (37)
观《同窗记》………………………………………… (38)
观《国宝》…………………………………………… (38)
听王宏伟放歌 ……………………………………… (38)
读书篇(十首) ……………………………………… (38)
史鉴篇(三首) ……………………………………… (40)
诗坛杂感(三首) …………………………………… (41)
英才得失辩论会(二首) …………………………… (41)
向子建告贷 ………………………………………… (42)
小百花女子越剧团赞 ……………………………… (42)
大山先生赞 ………………………………………… (42)
读张鹄"虚喻"论有作(三首) ……………………… (42)
调诗迷 ……………………………………………… (43)
调梁上君子 ………………………………………… (43)
李白投稿 …………………………………………… (43)
调李白 ……………………………………………… (43)
赠吟侣 ……………………………………………… (43)
马翁删诗 …………………………………………… (43)
1982年湖南省戏剧季开幕 ………………………… (44)
摊破浣溪沙·观剧 ………………………………… (44)
读毛泽东《卜算子·咏梅》………………………… (44)

观烟水图 …………………………………………………… (44)

观翎毛图 …………………………………………………… (44)

悼艺术大师赵丽蓉 ………………………………………… (45)

观京剧藏戏合演《文成公主》 …………………………… (45)

观《集结号》 ……………………………………………… (45)

断指奇缘 …………………………………………………… (45)

观电视片《颐和园》 ……………………………………… (45)

观《天仙配》演出 ………………………………………… (45)

戏赠美声歌唱家廖昌永 …………………………………… (46)

歌手孙悦成名曲 …………………………………………… (46)

听降央卓玛唱刀郎情歌 …………………………………… (46)

听筝 ………………………………………………………… (46)

重访湖南省文联大楼 ……………………………………… (46)

炎黄诗词颂 ………………………………………………… (47)

读李梦唐《咏史》 ………………………………………… (47)

晨星 ………………………………………………………… (47)

读刘庆霖"一千万只白蝴蝶"喜电张鹄老 ……………… (47)

赠杭州沈利斌 ……………………………………………… (47)

读苏子瞻 …………………………………………………… (47)

读惠洪禅师 ………………………………………………… (48)

长相思·读一种诗余 ……………………………………… (48)

《白石诗刊》赞 …………………………………………… (48)

《千手观音》赞 …………………………………………… (48)

元夜 ………………………………………………………… (48)

观《云水谣》(二首) …………………………………… (49)

观电视转播《二泉映月》 ………………………………… (49)

观焰火 ……………………………………………………… (49)

观电视飞瀑流泉 …… (49)
诗思 …… (50)
斥诗魔 …… (50)
诗源 …… (50)
忆初识诗人赵朴初 …… (50)
跋《梦湖绝句艺术》 …… (50)
诗迷 …… (50)
读仿古秀(二首) …… (51)

第四卷 …… (52)
观电视转播世界杯足球赛 …… (52)
魅力:足球明星巴蒂赞 …… (52)
观电视转播世界拳王争霸赛 …… (52)
冲浪 …… (52)
国际短池游泳锦标赛 …… (52)
惊观电视报道蹦极 …… (53)
申奥成功夜(二首) …… (53)
足球情结(二首) …… (53)
贺中国女排里约奥运夺冠 …… (54)
姚明赞(二首) …… (54)
球迷二首 …… (54)
为北京奥运喝彩 …… (55)
奥运圣火上珠峰 …… (55)
2008北京奥运会中国冠军赞 …… (55)
2012伦敦奥运纪胜(八首) …… (58)
贺李娜法网夺冠(二首) …… (59)
茶馆客众热观电视转播 …… (59)

世界杯足球赛之夜 …………………………………… (59)

忆昔早行赴校 ………………………………………… (59)

忆昔求学涟水之畔 …………………………………… (60)

惊迟 …………………………………………………… (60)

迎夏 …………………………………………………… (60)

路 ……………………………………………………… (60)

观钢琴演奏 …………………………………………… (60)

重阳登高 ……………………………………………… (61)

股市哲学 ……………………………………………… (61)

七十自勉 ……………………………………………… (61)

反休闲 ………………………………………………… (61)

初上微机降鼠标 ……………………………………… (61)

越冬 …………………………………………………… (61)

示儿女 ………………………………………………… (62)

哲理 …………………………………………………… (62)

老骥 …………………………………………………… (62)

老当益壮颂 …………………………………………… (62)

神游东岳 ……………………………………………… (62)

良宵 …………………………………………………… (62)

少年行 ………………………………………………… (63)

惜春谣 ………………………………………………… (63)

另类富二代 …………………………………………… (63)

白菜 …………………………………………………… (63)

"男人，对自己要狠一点！" ………………………… (63)

身影 …………………………………………………… (63)

致富经 ………………………………………………… (64)

互补 …………………………………………………… (64)

处世	(64)
玉山金山	(64)
有感于某寺佛头被盗	(64)
斗百草	(64)
偶书	(65)
南京怀古	(65)
杭州怀古	(65)
看花	(65)
钓	(65)
观送葬	(65)
某政协委员答记者问	(66)
笔颂	(66)
追新族	(66)
妆台铭	(66)
小创客	(66)
车过少管所	(66)
京华地下室	(67)
1964年冬长沙大雪	(67)

第五卷 ························(68)
贺谭谈创办作家爱心书屋开馆	(68)
赠同学翁(二首)	(68)
偶翻电话号码簿	(68)
送儿去国	(69)
题湛江艾彤书室	(69)
益阳赏桃	(69)
除夕火车站	(69)

悼亡会上	(69)
观迎娶	(69)
双九岁末辞旧迎新(二首)	(70)
悼常青	(70)
悼张觉	(70)
留客	(70)
游子吟	(71)
思妇吟	(71)
老兵还乡	(71)
母亲节献辞(二首)	(71)
听儿歌有忆	(71)
中秋怀人	(72)
中秋之夜珂儿电话问安	(72)
梦见亡母	(72)
哭亡友	(72)
谢王亨念李斌秋伉俪来访并馈君山名茶	(72)
似曾相识燕归来(二首)	(72)
疯	(73)
学而	(73)
题照	(73)
忆湛江并寄诸战友(四首)	(73)
寄南昌诸战友	(74)
念亡友	(74)
亡友见访	(74)
相思化蝶	(75)
有怀	(75)
盼	(75)

倚间	(75)
无题	(75)
忆文革兼赠宋清福	(75)
忆儿戏(四首)	(76)
忆童年赴外祖家(二首)	(76)
佣	(77)
我家奶奶是儿童	(77)
机场送别	(77)
女儿歌	(77)
2005年秋随弦儿离湘赴粤(六首)	(77)
咏活色生香赠福州陈良运	(78)
奉和太原李旦初《丙戌迎春曲》	(79)
赠南宁袁采然	(79)
忆别寄杭州吴戈	(79)
送杭州吴戈(二首)	(79)
斥兆	(79)
哭湛江艾彤(二首)	(80)
寻人启事	(80)
太平间里	(80)
山口顶牛	(80)
半合才	(80)
2005飞虎队探访第二故乡	(81)
赠书并序	(81)
芙蓉并序	(81)
致盗书诗友并序	(81)
赠张鹄	(81)
解嘲谢选家	(82)

送别	(82)
梦湖四泪	(82)
品孙儿满月录像	(83)
观孙儿听乐录像	(83)
老战友邹同声电话拜年索句	(83)
悼唐维安张铁夫	(83)
思亡友	(84)
感应	(84)
招张鹄老共进午餐	(84)
自星迁望留别张鹄	(84)
获龙井候张鹄相与品茗	(84)
赠黄老政海	(85)
读郑伯农新论有赠	(85)
相煎	(85)
悼红辞	(85)
萧娘仙逝五周年祭	(86)
迁居康乃馨养老社区金秋寄语	(86)
康乃馨养老社区平居见闻	(86)
康乃馨养老社区短笛（六首）	(86)
新世纪竹枝词	(87)
惜别（三首）	(90)
相逢何必曾相识（二首）	(90)
对歌（二首）	(91)
相见时难别亦难	(91)
某老农送爱女进城听歌记	(91)
和杨里昂《忆昔》歌	(92)
菩萨蛮·1977年粤桂同仁先后来访	(92)

浣溪沙·答天津郭大姐 ……………………… (93)
卜算子·我给情哥打手机 ……………………… (93)
虞美人·鬼友访谈录 ……………………… (93)

第六卷 ……………………… (94)
 映山红 ……………………… (94)
 月桂 ……………………… (94)
 茉莉 ……………………… (94)
 榴花 ……………………… (94)
 夜来香 ……………………… (94)
 荷叶 ……………………… (95)
 古松 ……………………… (95)
 山茶 ……………………… (95)
 仙人掌 ……………………… (95)
 野蘑菇 ……………………… (95)
 菊颂 ……………………… (95)
 红叶歌 ……………………… (96)
 观海豚表演 ……………………… (96)
 蜂情 ……………………… (96)
 鸟邻 ……………………… (96)
 雀谊（二首） ……………………… (96)
 狗仔与蜻蜓 ……………………… (97)
 蝌蚪 ……………………… (97)
 黄犬殉主（二首） ……………………… (97)
 云南出现金丝猴种群 ……………………… (97)
 灵灵并序 ……………………… (98)
 牛 ……………………… (98)

老牛吟 …………………………………………………… (98)
猕猴幼仔歌 …………………………………………… (98)
螃蟹 …………………………………………………… (98)
咏蜂 …………………………………………………… (99)
黄山松 ………………………………………………… (99)
玫瑰 …………………………………………………… (99)
花影 …………………………………………………… (99)
咏野寺外落花 ………………………………………… (99)
风筝 …………………………………………………… (99)
咏特种医疗证 ………………………………………… (100)
垃圾箱 ………………………………………………… (100)
图书颂 ………………………………………………… (100)
逛定王台图书城 ……………………………………… (100)
酒颂并序(三首) ……………………………………… (100)
附致《湘泉之友》报主编函 ………………………… (101)
刘伶叹 ………………………………………………… (101)
亭面糊放快 …………………………………………… (101)
乘飞机 ………………………………………………… (102)
南乡子·酒颂(二首) ………………………………… (102)
异化记并序 …………………………………………… (102)
木化石 ………………………………………………… (102)
月魄桂魂入室来 ……………………………………… (103)
野蔷薇 ………………………………………………… (103)
客串 …………………………………………………… (103)
莲花赞 ………………………………………………… (103)
莲氏兄妹对话 ………………………………………… (103)
双猫登机赴台记 ……………………………………… (104)

斗牛场上老牛鸣(二首) ………………………………… (104)
少女狗狗之烦恼 ………………………………………… (104)
森林之王涉江走婚 ……………………………………… (104)
虎年咏虎 ………………………………………………… (105)
2010京华黄昏掠影 ……………………………………… (105)
拟钻石婚意咏破旧辞书 ………………………………… (105)
晚嫁咏京版《中国宗教文学史》 ……………………… (105)
咏京版《坐标比较文学》 ……………………………… (105)
行将寄身老年公寓拟献藏书 …………………………… (106)

第七卷 ………………………………………………… (107)
童真记趣(四首) ………………………………………… (107)
自勉 ……………………………………………………… (108)
2005年立春 ……………………………………………… (108)
戏问春疾 ………………………………………………… (108)
游仙梦 …………………………………………………… (108)
禅机 ……………………………………………………… (108)
山区贫困小学生捐资助人 ……………………………… (108)
愁 ………………………………………………………… (109)
盛夏衡山小隐 …………………………………………… (109)
1961年春自题小照 ……………………………………… (109)
笔恋(四首) ……………………………………………… (109)
解嘲(三首) ……………………………………………… (110)
神农架野人之谜戏解 …………………………………… (110)
戏怒 ……………………………………………………… (110)
应变 ……………………………………………………… (111)
文革中下放插队 ………………………………………… (111)

公社散会之夜 …………………………………… (111)

难割舍 …………………………………………… (111)

漫兴（三首）……………………………………… (111)

西四蜗居赞 ……………………………………… (112)

年入古稀继承房产 ……………………………… (112)

思故居 …………………………………………… (112)

退休生涯 ………………………………………… (112)

独坐 ……………………………………………… (112)

水台 ……………………………………………… (113)

自费出书 ………………………………………… (113)

买菜吟 …………………………………………… (113)

修仙 ……………………………………………… (113)

酬知音 …………………………………………… (113)

遗嘱 ……………………………………………… (113)

白发骄 …………………………………………… (114)

不伏老 …………………………………………… (114)

窗外玉兰花 ……………………………………… (114)

休闲戏语 ………………………………………… (114)

无寐 ……………………………………………… (114)

百年回首 ………………………………………… (114)

庄子曰 …………………………………………… (115)

对镜 ……………………………………………… (115)

七十自述 ………………………………………… (115)

观电视报道有感 ………………………………… (115)

观电视《法治在线》……………………………… (115)

报载某知名企业主点歌 ………………………… (115)

当评委编委有感 ………………………………… (116)

减肥	(116)
卖瘦	(116)
离休干部退休命	(116)
贺某退休老教授乔迁新居	(116)
奈何	(117)
眼力	(117)
和白居易赠谈客	(117)
致某公	(117)
观电视报道杀子弑母有感	(117)
出行遇雨	(118)
旅途抒怀	(118)
股海惊涛	(118)
屈原再世赋离骚	(118)
失物招领	(118)
伪药	(118)
一种国赛	(119)
忆：十年一觉抄家梦	(119)
重阳节岳麓登高	(119)
原韵和唐寅《言志》三首	(119)
骊山老母答美容专家	(120)
84岁恭迎母亲节	(120)
思乡曲	(120)
仙经	(121)
乔迁听风楼	(121)
书生生涯	(121)
归宿	(121)
凡人墓志铭	(122)

八秩有五抒怀 …………………………………… (122)

大奖得主 ………………………………………… (122)

梦昔 ……………………………………………… (122)

解嘲(二首) ……………………………………… (122)

白日梦 …………………………………………… (123)

哀伊拉克 ………………………………………… (123)

伊拉克童戏 ……………………………………… (123)

印度洋大海啸反思 ……………………………… (123)

过招 ……………………………………………… (124)

除夕惊心夜 ……………………………………… (124)

除夕伤心夜 ……………………………………… (124)

街头一瞥 ………………………………………… (124)

丐奴 ……………………………………………… (124)

背景 ……………………………………………… (124)

中国特色恐怖主义(2005年) ………………… (125)

走进地雷阵(2005年) ………………………… (125)

弱势群体盼致富 ………………………………… (125)

呼唤除贪抗菌素 ………………………………… (126)

行路难 …………………………………………… (126)

精简 ……………………………………………… (126)

欠经(2007) ……………………………………… (126)

双重荒谬 ………………………………………… (126)

第八卷 …………………………………………… (127)

返祖现象 ………………………………………… (127)

街头小识 ………………………………………… (127)

某公学先进 ……………………………………… (127)

挽歌	(127)
贪夫之夜	(128)
核桃	(128)
匡庐壮观	(128)
登名山	(128)
哥德巴赫猜想	(129)
流行语病(二首)	(129)
某专家查资料	(129)
优惠价	(129)
阔佬	(129)
阿Q买头衔	(130)
包装	(130)
街头疯歌手	(130)
广告:既过酒瘾又补身体	(130)
鹊噪	(130)
诗评	(131)
所谓著名	(131)
棕熊失眠叹	(131)
王公子宵猎行	(131)
古怪歌(二首)	(132)
弄虚作假奖	(132)
和王翼奇《梦中登岳阳楼》并步原韵	(132)
和肖军《一句诗》(二首)	(132)
世态	(133)
活化石	(133)
川剧特技	(133)
斥地方保护主义	(133)

敲门砖 …………………………………………………… (134)

所见 ……………………………………………………… (134)

软黄金披肩 ……………………………………………… (134)

猫之歌 …………………………………………………… (134)

草木皆兵？ ……………………………………………… (134)

嘲染发 …………………………………………………… (134)

美之诱惑 ………………………………………………… (135)

梦断红楼并序（二首） ………………………………… (135)

某单位一绝 ……………………………………………… (135)

某学校图书馆一瞥 ……………………………………… (135)

进城苦 …………………………………………………… (135)

花鸟使（追记文革旧闻） ……………………………… (136)

捐献器官声明 …………………………………………… (136)

恐假症 …………………………………………………… (136)

劝楼市炒家 ……………………………………………… (136)

老总打牌总爱输 ………………………………………… (136)

官箴 ……………………………………………………… (137)

黑哨 ……………………………………………………… (137)

黑心棉被自述 …………………………………………… (137)

时尚 ……………………………………………………… (137)

天衣真假都无缝并序 …………………………………… (137)

捞家 ……………………………………………………… (138)

歌迷会取消之后 ………………………………………… (138)

大钓并序 ………………………………………………… (138)

小钓 ……………………………………………………… (138)

权威 ……………………………………………………… (138)

我佛如是说 ……………………………………………… (139)

"名狗"论	(139)
双九孟夏岳麓书院纪事	(139)
2003仲夏读报记	(139)
新贵	(139)
某公	(139)
童话	(140)
真心话里藏猫腻	(140)
巨贪成克杰	(140)
猫腻	(140)
某国家级自然保护区公款消费定点店谈话录	(140)
娱乐圈打虎行	(141)
槐安梦	(141)
房价飙升之谜	(141)
精装废品	(141)
托儿功德	(141)
新买羊毛衫	(141)
某公在亚投行成立之交	(142)
拉郎配咏时事	(142)
网络监察部"诗词中国"应征诗	(142)
原韵戏和张籍《使行望悟真》	(142)
无题	(142)
游方	(143)
诗神论诗	(143)
客至	(143)
和平卫士	(143)
孟子见梁惠王	(143)
希腊今昔	(144)

第九卷 ……（145）

　　岳阳楼凭栏 ……（145）
　　岳阳端午 ……（145）
　　洞庭新月 ……（145）
　　天柱峰 ……（145）
　　衡岳观霞 ……（145）
　　祝融峰放眼 ……（146）
　　岳麓山鸟瞰 ……（146）
　　麓山晚唱 ……（146）
　　橘子洲头 ……（146）
　　1984年秋游张家界并序（三首） ……（146）
　　重庆南北温泉猜想 ……（147）
　　登青城山 ……（147）
　　月下忆青城山 ……（147）
　　晨出夔门 ……（147）
　　夜过三峡（三首） ……（148）
　　船过神女峰 ……（148）
　　2002年初夏游小三峡（二首） ……（148）
　　2002年5月携战友数十重游三峡 ……（149）
　　神女新赋（二首） ……（149）
　　神女作秀赋 ……（149）
　　夜访 ……（149）
　　九寨沟赞 ……（149）
　　73岁神游九寨沟（二首） ……（150）
　　西湖情结 ……（150）
　　西湖秋月 ……（150）
　　西湖弄舟 ……（150）

春归西湖	(150)
杭州灵隐寺书怀	(151)
江南春	(151)
瘦西湖泛舟	(151)
桂林山水	(151)
漓江游	(151)
桂林溶洞游	(151)
晚宿庐山	(152)
庐山含鄱口远望	(152)
匡庐观瀑	(152)
苏州园林漫步	(152)
黄鹤楼新咏	(152)
滕王阁聚会	(152)
南京鸡鸣寺印象	(153)
千岛湖之谜	(153)
昆明西山行	(153)
云贵道上	(153)
黄果树瀑布	(153)
洛阳龙门石窟观光	(153)
车过华山	(154)
青海观牧	(154)
海南游	(154)
珂儿奉母登华岳	(154)
八达岭遐思	(154)
西安访古	(154)
武夷鸟瞰	(155)
武夷夕照	(155)

九寨沟一日游 ………………………………………… (155)
六月黑 ………………………………………………… (155)
秋侣 …………………………………………………… (155)
2005年立春后四十日江南大雪 ……………………… (155)
下龙湾(二首) ………………………………………… (156)
2005年孟夏江南游(七首) …………………………… (156)
魂返武夷秋(六首) …………………………………… (157)
题泉州南少林寺遗址古榕树 ………………………… (158)
长沙湘江风光带 ……………………………………… (159)
海上生明月 …………………………………………… (159)
踏青 …………………………………………………… (159)
升黄鹤楼望鹦鹉洲 …………………………………… (159)
长沙贾谊故居前 ……………………………………… (159)
春讯 …………………………………………………… (160)
巴蜀船工谣 …………………………………………… (160)
春日江边漫步 ………………………………………… (160)
花间对话 ……………………………………………… (160)
苗条秋水 ……………………………………………… (160)
雪窗 …………………………………………………… (160)
漓江象鼻山 …………………………………………… (161)
西湖八月中秋夜 ……………………………………… (161)
坐湘江风光带读李太白集(二首) …………………… (161)
珠峰神话 ……………………………………………… (161)
九华参禅 ……………………………………………… (161)
武当印象(三首) ……………………………………… (162)
滴水 …………………………………………………… (162)
泛舟 …………………………………………………… (162)

观鹳	(163)
过武汉	(163)
晚景抒怀	(163)
正月初三夜	(163)
春意	(163)
访花展	(163)
夜钓	(164)
放舟	(164)
惊舟	(164)
梦江南·2011年清明	(164)
滇西行(十首)	(164)
孟春	(166)
早春南下	(166)
春晓(二首)	(166)
春风	(167)
春雨	(167)
雨中	(167)
清明	(167)
忆昔湘潭清明行	(167)
江头	(168)
春游摄影	(168)
春宵	(168)
春游遇幼儿园小娃娃	(168)
南国新娘	(168)
秋收	(168)
秋声	(169)
秋山	(169)

秋晚 …………………………………………………… (169)

忆昔登山快意 …………………………………… (169)

山居 …………………………………………………… (169)

邻院 …………………………………………………… (169)

郊暮 …………………………………………………… (170)

深山掇趣 …………………………………………… (170)

月下赋别 …………………………………………… (170)

迎雪 …………………………………………………… (170)

张家界 ……………………………………………… (170)

1987年春岳麓纪游(二首) ……………………… (170)

忆江南·寻张家界并序(二首) ………………… (171)

忆江南·湖韵(二首) ……………………………… (171)

清平乐·西湖招魂 ………………………………… (172)

临江仙·寄杭州友人 ……………………………… (172)

第十卷 ……………………………………………… (173)

一绝半之什 ……………………………………… (173)

三春晖 ………………………………………………… (173)

短讯致太白 ………………………………………… (173)

酒仙太白论 ………………………………………… (174)

杂体之什 ………………………………………… (174)

追记十年浩劫旧闻 ……………………………… (174)

盲道风景线 ………………………………………… (174)

赛神会上 …………………………………………… (174)

商籁七律之什 …………………………………… (175)

西湖纪胜 …………………………………………… (175)

浙江首届戏剧节感赋 …………………………… (175)

无题之什 …………………………………………………… (176)
编余补遗 …………………………………………………… (177)
 世界向何处去 ………………………………………… (177)
 长城颂 ………………………………………………… (178)
 八十有八回首 ………………………………………… (178)
 忆昔飞越黄河俯瞰 …………………………………… (178)
 新堂吉诃德传 ………………………………………… (178)
 为东洋某君画像 ……………………………………… (178)
 2016 感动中国人物(三首) …………………………… (179)

附录一 梦湖诗论 …………………………………… (180)
 开创华夏诗词新纪元 ………………………………… (180)
 立意第一 格律第二 ……………………………… (182)
 革新一贯我 笑骂且由人 ………………………… (194)
 充分发掘现代汉语声律美 …………………………… (201)
 自度曲源流 …………………………………………… (203)
 横侧远近高低法 ……………………………………… (207)
 东西(相声) …………………………………………… (209)
 夏五《老少年集》序 …………………………………… (211)
 从两段引文看评奖失误 ……………………………… (213)
 关于楚辞《招魂》作者的质疑 ………………………… (214)
 梦湖诗话 ……………………………………………… (216)
  诗魂与诗眼 ………………………………………… (216)
  空白 ………………………………………………… (217)
  韵分今古 …………………………………………… (217)
  通篇构思,一贯方佳 ……………………………… (218)
  诗不厌改 …………………………………………… (219)

梦湖与招魂 …………………………………… (219)
作诗三避 ……………………………………… (220)
作诗三阶 ……………………………………… (220)
成语与独创 …………………………………… (221)
翻用成语 ……………………………………… (221)
弃旧创新 ……………………………………… (221)
化腐为奇 ……………………………………… (222)
出蓝胜蓝 ……………………………………… (223)
三位一体 ……………………………………… (223)
删律为绝 ……………………………………… (224)
好诗在诗外 …………………………………… (225)
顿悟 …………………………………………… (226)
传承与创新 …………………………………… (226)
奇人奇诗 ……………………………………… (227)
懒汉歌诀 ……………………………………… (228)
美在整体 ……………………………………… (228)
天下第一想 …………………………………… (229)
一花五叶 ……………………………………… (229)
诗有三创 ……………………………………… (230)
以古今中外为师 ……………………………… (230)
真情附丽于形象 ……………………………… (231)
荷叶 …………………………………………… (231)
一句四改 ……………………………………… (232)
别开生面法 …………………………………… (233)
阁者解诗 ……………………………………… (233)
绝句与情节 …………………………………… (234)
立足未来　反顾今天 ………………………… (234)

《梦湖绝句艺术》序言 …………………………………… (235)
江南音韵谱阳春 ………………………………………… (235)
《临江仙·给丁玲同志》毛泽东 ………………………… (236)
为吟坛把脉 ……………………………………………… (236)
呼唤新时代"诗三百" …………………………………… (238)
多米诺效应 ……………………………………………… (238)
切磋 ……………………………………………………… (239)
对难 ……………………………………………………… (239)
有理与无理 ……………………………………………… (240)
"雾行"与"江行" ………………………………………… (240)
诗不可强作 ……………………………………………… (241)
李孟情笃探秘 …………………………………………… (242)
三流作手一流诗 ………………………………………… (243)
奇联巧对 ………………………………………………… (243)
另类活剥 ………………………………………………… (244)
波分西子浴缪斯 ………………………………………… (245)
律古错杂体 ……………………………………………… (246)
"女校书" ………………………………………………… (246)
"诗好官高" ……………………………………………… (246)
吟坛争鸣录 ……………………………………………… (247)
戏说诗家不怕鬼,只缘今日鬼重来 …………………… (248)
绝句四格 ………………………………………………… (248)
雅俗互补 ………………………………………………… (248)
语趣 ……………………………………………………… (249)
诗与外交辞令 …………………………………………… (249)

附录二 …………………………………………………… (251)
　集评 ……………………………………………………… (251)
　论梦湖诗观及其诗词创作（《天机诗品·评点
　　梦湖绝句选》代序） ………………… 邹世毅(255)
　言微旨远　语浅情深 …………………… 张　鹄(262)
　反常合道梦湖诗 ………………………… 张　鹄(267)

附录三 …………………………………………………… (275)
　重金求购佚文《同质文化与异质文化》启事 ………… (275)

诗笺代跋 ………………………………………………… (277)

第一卷

胸　章

我家姓氏普天闻：中国人民解放军。
小小胸前七个字，肩头一字一千金。

打　靶[1]

三点看齐成一线，沙场入定指轻勾。
前方报靶枪枪中，不是靶啊是敌头！

老兵复员

带笔当兵整十年，一朝退伍路三千。
烽烟何日还招手？重拭钢枪再戍边。

钱塘观潮

银潮十里吼如雷，万马昂头江上飞。
欲跨一骓巡四海，射鲨斩鳄净边陲。

---

[1] 此诗立意源自老战友、新诗作家柯原。

老兵梦

一梦军威震北京,白头战士立回青。
荷枪虎步迎检阅,不为穷兵为洗兵。

旧情新梦

打靶支农乐未休,昔时营垒梦中游。
儿童指点嘻嘻乐:这个兵爷雪覆头。

八一抒怀

早岁参军惬壮怀,每逢佳节久低徊。
春蚕易老丝难老,战友纷纷入梦来。

读陆游《示儿》并和原韵

海外惊闻布恶龙,有人暗算九州同。
诗坛若许通今古,交友须交陆放翁。[①]

古今逢

许国何分后与先!梦中吟客降吾轩。
口称战友老中老,八百年前陆务观。

身 心

身被飞光追到老,心随诗思返为童。

---

① 媒体报道:北起日本四岛,中经台湾,南至菲律宾,构成第一岛链。第一岛链之外,复有第二岛链,重重包围我国。

直须蜕却陈躯壳，再现沙场七尺雄！

2012 纪事

南海东瀛多事秋，位卑僭越日为谋。
自由属我身廿载，只是赤心无自由。

面对自家戎装老照片

你为我弟我为兄，兄识弟来弟不明。
何日弟兄同仗剑，失平洋上"再平衡"？

观电视"天宫""神九"对接书怀

十年军旅殁难忘，曾执干戈戍海疆。
倘使老阎还我少，破天探月步杨郎。

寻找钓鱼岛

（一）

地图史册频搜访，白天黑夜登高望。
梦里闻她嘻笑言："我就在你心坎上！"

（二）

华夏明珠东海上，有个阴谋要来抢。
拜鬼不难抢珠难，十亿华人布天网。

（三）

人云来去赤条条，临走莫能带一毛。

为贺他时收钓捷,手机携过奈河桥。

抗日上将张自忠

堂堂名号志怀瑜,统率千军把敌驱。
孰道将功枯万骨?身先士卒将捐躯。

《国歌》高唱进行时

军歌一曲壮怀开,八十年前国事哀。
今日人人呼打鬼,只缘老鬼欲重来。

儿歌老唱

八十年来事,纷纷别脑膜。
童谣犹上口,杀敌《大刀歌》。

爱竹吟

少年入伍老归乡,种向庭前竹一方。
问我为何偏爱竹?此生难忘绿军装。

独秀峰礼赞

巍巍一柱绿天际,百战将军威武立。
十万大山十万军,风云布阵虎添翼。

观《湘莲曲》

洞庭来采莲,习武风荷里。
莲子个个红,举世应无比。

火凤凰赞并序[①]

祝融峰下祝融灾，焰锁崇楼谁与开？
双十凤凰飞进去，百千生命放出来。

女子特警队

迷彩女儿胆气豪，擒拿格斗挽狂涛。
闲来偶着红装出，惹得行人返首瞧。

观电影《集结号》

炮声须作乐声听，铁板铜琶竞奏鸣。
曲罢英灵归玉宇，俯观战友赴新征。

中国人权宣言

——汶川大地震救生纪实

天坍地裂乍狰狞，锦绣蓬瀛一旦倾。
十万貔貅齐踊跃，救生何惧泰山崩！

黄金救援72小时

颠山裂石死神咤，生命奄奄废墟下。
夺秒争分战死神，绿军装啊白大褂！

八一南昌起义纪念馆巡礼

一面军旗烈火腾，一支军号万千兵。

[①] 2003年11月3日，衡阳消防支队为扑救高楼大火，20名官兵光荣殉职，全楼412名居民全部获救。

耳边恍觉冲锋号，吹亮满城杀敌声。

赋得"野渡无人舟自横"

胡锁蛟龙不自由？可怜闲煞一孤舟！
试看明日屠鳌手，纵汝披涛南海游。

荧屏前观阅兵大典

痛悼从前血涴城，只今奋起卫和平。
铁流横贯天和地，看湿双睛一老兵。

贺南昌老战友晚结同心

漫道黄昏近，休嗟白发稠。
化成章贡水，合做赣江流。

任长霞赞（二首）

纪念欧阳修诞辰千年，次欧氏《梦中作》原韵，反用其意。

（一）

若施粉黛疑瑶月，纵着戎装是警花。
自古须眉多许国，只今巾帼不营家。

（二）

中原儿女皆明义，当代木兰不姓花。
腐恶锄除一辈子，平安散入万人家。①

---

① 欧阳修原作《梦中作》："夜凉吹笛千山月，路暗迷人百种花。棋罢不知人换世，酒阑无奈客思家。"

挽任长霞

赤胆无私除黑恶,柔肠千结系乡亲。
木兰跨入新时代,绥靖中原铸警魂。

华夏维和士兵抒情

登机辞国把和维,窗外风烟向后飞。
寄语风烟传父老:一尘不教染蓝盔!

问天赞

(一)

广宇碧无垠,孤舟白一寸。
好男杨利伟,以身写《天问》。

(二)

驱风吐火穿青黛,踏箭访娥何所在?
鹰击长空叹没涯,斯人更在长空外。

老艇长

夜阑梦怒一声"杀",惊起儿孙忙问啥。
睡前电视报军情,海上鲨来如箭发。

2013解放军新闻人物(二首)

试飞员

一支响箭冲霄去,片纸遗书留下来。

赢得他年诸战友，蓝天横扫雾和霾。①

核潜艇部队

孤艇安邦九鼎轻，金梭入水失沧溟。
噤声眠海甘千载，劈浪惊天待一鸣。②

忆战友诗人韩笑③

排忧愿母长含笑，握管从戎永放歌。
孰道难全忠与孝？战歌慰母乐心窝。

祖国未来保卫者

邻里少年学射雕，弹弓在握眼偷瞄。
嗖声直奔园中雀，碎了半帘花影飘。

拼刺刀
——战友曾经对我说

（一）

凌厉号声裂战空，堑壕射出众英雄。
脑瓜一摘腰间掖，挺起刺刀要见红。

（二）

喊杀声声破天地，刀随声到敌魂惊。

---

① 每一款新飞机，入列前均由试飞员反复试飞。每次试飞，均冒机毁人亡之风险。
② 核潜艇，安邦镇国之重器。一旦我国遭核攻击，此艇将受命予以反击。
③ 韩笑者，含笑也。诗人母患忧郁，故取名笑。

一丁倒地众丁窜，盖世威风致胜经。

病榻弥留答战友
——看凤凰卫视《我是一个兵》
见问三生何所愿？喃喃班长吐衷肠。
好兵无梦不前线，铁汉钟情只战场。

中国火箭军
大智奇谋驯火龙，安邦却敌赖龙功。
曾经踏破长征路，异日长征破远空。

蓝天亮剑
千里眼啊预警机！无人驾啊机中奇！
歼击之机木兰御，试问何人敢我欺！

观CCTV战士之星表演
千载念奴今又生，艺惊四座叹天成。
红蓝军演烽烟路，昨夜星才是虎兵。

老兵吟
——CCTV《纪实·台儿庄1938》观后
大刀叱咤旧沙场，流弹穿胸命险亡。
莫道伤疤应不美，金光百丈一勋章。

小兵闹出世
孩子爸呀快来听，儿在腹中腿乱蹬。

连长贴听开口乐：儿言出世要当兵！

重访湛江

难忘英年戍海隅，重来迷路步踟蹰。
乡音话旧邀知己，市貌翻新失故居。
三六①飘香何窈窕，荔枝喷火正扶疏。
非关刘阮天台梦，几度人间换画图。

黄花岗

铁血男儿鬼亦雄，头颅一掷气如虹。
踢翻帝座五千载，升起崔巍八九峰。
怒放雷霆上甘岭，轻飏杨柳广寒宫。
英灵遗志休忘却，碧海惊涛正薄空。

文艺战友长沙聚会

年少从军生死情，不辞万里会江城。
青春已逝心犹壮，皓首重逢业更精。
风柳婆娑纺棉舞②，烟波浩荡放歌声。
此生长恨团圆少，再订他生战友盟。

1998年盛夏闻子弟兵抗洪感赋

狂涛百丈扑江城，阁抖楼摇梦亦惊。
端赖三军挥汗雨，长堤千里起威风。

---

① 粤人称狗肉曰三六。
② 老战友中有表演纺棉舞者。

抗洪抗暴英雄志，忧国忧民将士情。
万众如山浪俯首，欣闻巷陌踏歌声。

生查子·三口之家
——观中央电视台狗年说狗节目

警员警犬情，片刻难分手。短讯爱人云："我反不如狗！"
警员短讯回："爱你还怜狗。好是合家亲，一户才三口！"

夜梦雷声

雷声滚过汪洋去，又向渔湾闯过来。
祖国海空流动哨，誓教飞贼浪中埋。

赋得"夕阳无限好"

烧天一团火，临别爆辉煌。
不死董存瑞，永恒黄继光。

老兵情

万死难忘发正青，扛枪执笔快吾生。
十年风雨南疆路，何惧何求一个兵！

第二卷

1965 年元旦试笔（二首）

其一

迎得春来冻未消，百花未发雪花骄。
冰霜欲把乾坤锁，怎奈神州热气高！

其二

人言春到万般娇，握笔临窗无处描。
身入车间生产去，春光一片把人招。

悼念毛主席逝世一周年（二首）

其一

期年回首梦魂惊，管泣弦哀动地声。
岂曰哲人从此逝？精神长健日长红。

其二

有限百年无限恩，生前决策已成春。
重阳岁岁登高处，折尽黄花奠一人。①

---

① 毛主席逝世于 1976 年 9 月 9 日，巧合农历重阳之数。

迎国庆

经风经雨五十年，龙子龙孙四海欢。
纪念碑前忙纪念，长安街上庆长安。

建国五十周年之夜

星空无限夜无涯，火树冲开朵朵花。
南北东西人十亿，一时仰看满天霞。

黄河颂

咆哮天地一条河，哺育炎黄无限代。
礼义之邦王者风，威仪赫赫金腰带。

延安颂

铁塔铁打斜塔斜，延安宝塔最堪夸。
问他那得光千丈？天下目光齐注他。

郭湘老师传天火

永夜沉沉何所闻？先生传唱《沁园春》。
为驱黑暗偷天火，教我茅开第一人。[①]

韶山颂

万绿一枚金，瞻仰者如云。
水曲山阿处，五洲四海人。

[①] 1946年春，郭执教湘潭新群中学，曾板书毛泽东《沁园春》以飨学子。

周恩来

无产者无产，骨灰也不留。
人生如转瞬，一死照千秋。

环卫工人赞

昨夜秋声叩梦阁，漫天潇飒不堪闻。
晓来奉帚千街走，收取飘零满地金。

无偿献血赞

亲采红莲子，远贻梦里人。
应知莲内苦，点点是莲心。

清官颂

贪夫惧你横眉剑，黔首爱君傲雪松。
千万平方公里事，尽收方寸一心中。

代温总理立言（二首）

其一

平民您是我的天！十亿身家付我肩。
父母教儿挑日月，儿当孝子一千年。[1]

---

[1] 2003年3月，温家宝总理当选后，于掌声中起立，向人大代表三鞠躬焉。余极感动，萦怀数日而无佳句。越明年，元旦后一日，诗乃成。语云："十月怀胎，一朝分娩，其是之谓欤？"

其二

难得一回回家走，咱们今日拉拉手。
手脏莫要往回抽，劳动是美不是丑。

温总理为农民工讨债颂

一部分人先致富，百千万众待扶贫。
冻香寒翠诚堪赏，紫浪红潮始到春。

灭鼠颂

神农六合海粮仓，亘古吾民叹鼠狂。
今首席提三尺剑，誓将国患扫精光。

鬼怒（二首）

其一①

炸弹自天来，我便失却我。
北约讲人权，南斯飘鬼火。

其二

人权分死生，上帝何厚薄？
还你上帝死，还我昨日活！②

巴以冲突三周年叹

报复几时休？血流无尽头。

---

① 此诗的创作背景为：北约以保护南斯拉夫人权为由，滥炸南斯拉夫。
② 美国《独立宣言》称：人权系上帝所赋。

一千零一夜，夜夜鬼啾啾。

喜闻我国发射太空飞船成功（1999年）

夙闻登月李三郎，幻术只今变现场。①
自是中秋寻桂子，无人踏月到钱塘。②

为神舟五号壮行（2003年）

神舟载客度天门，仙客招来涉外婚。
星外女奔曹国舅，许飞琼嫁外星君。

香港万众欢迎杨利伟

香江人气薄云端，簇拥天骄庆凯旋。
莫道天骄方寸小，居然容得万民怜！

王震长征路上留影

相机前面帽扔飞，人问老王何欲为？
革命连头都不要，甩他帽子又何亏？

中华元宵

合家五十六，今夕庆团圆。
高捧胸前海，同将幸福干。

---

① 唐玄宗排行第三，俗呼李三郎。有笔记小说称：道者罗公远于中秋之夜，作幻术引玄宗登月一游。

② 据旧传：中秋之夜，月中桂子飘落钱塘之武林、天竺诸山寺。白居易《忆江南》："山寺月中寻桂子。"

扬眉歌

亿万铮铮铁脊梁，寰球刮目看炎黄。
一星双弹冲牛斗，御敌沉舟出马当。

浏阳花炮赞（二首）

其一

山城自古铸雷公，烈火情怀烈士风。
万炮冲天惊宇外，外星争看万花筒。

其二

彩霞朵朵竞穿云，报道人间喜事频。
冷落蟾宫难独守，嫦娥欲返地球村。

重返故居

去年迁出小吴门，今日还来觅旧邻。
但见新楼如列嶂，翻疑身是异乡人。

长沙之夜

驱车夜上立交桥，不尽车潮桥底度。
天际千灯射眼来，银河窜入通天路。

星　空

一滴流星滑夜空，鼠标搜索走荧屏。
满天星斗传天讯：伐桂吴刚改种松。

喜逢双千年

千载难逢今易逢,地球村里起欢腾。
会须来日选村长,黑白棕黄庆大同。

回乡梦

莲城闻道变瀛洲,昨夜还乡梦里游。
归梦未谙新市貌,到家犹上旧时楼。

天　梯

长梯一架入云层,枕木根根级级升。
起步京华攀拉萨,人间神话上天庭。

刘三姐续传

——2006年中国股市再度走牛

一去阿牛四五年,归来十面九新颜。
当时伙伴如云散,三姐歌声依旧甜。

人民英雄纪念碑

毋宁站着死,绝不跪而康。
一柱撑天地,千秋铁脊梁。

盼统一

黄河之水长江浪,掌上奔腾走二龙。
华夏子孙通血脉,人人共盼九州同。

民族至上

轰隆一倒柏林墙，来往三通台海疆。
亚运朝韩同组队，天生兄弟不分张。

天雷公颂

奇冤焉丧凌云骏！炼狱淬成青霜刃。
老百姓仰拗相公，天雷公闯地雷阵。

警 贪

威风杀气为谁牛？誓取贪夫项上头！
抬出棺材九十九，还余一具自家留。

变法颂（2004）
——和王安石《出定力院作》

曩日乡官催税临，鸡飞狗窜闹山村。
种瓜种豆收瓜豆，悔不当初学种金。
一自推行免税制，乡官立地作亲人。
东风吹解眉头结，放出心头似海春。

忆农家友人

曾向农门寄此身，日同耕作夜同衾。
风鸣窗纸疑蜂唱，鼠上床头梦犬奔。
异地相思难聚首，当时赋别已伤神。
今来政策条条好，想见君家色色新。

中央电视台演播室

神舟双杰太空还，港澳台同大陆欢。
四地主持偕一室，五十六族攥成拳。

松 林
——闻某公参拜靖国神社

鳞甲森罗虬干昂，群龙布阵守家乡。
雷霆昨夜风兼雨，或恐腾空赴海防。

元夕迎月

两岸千门万户开，婵媛今夜惬归怀。
东风也解团圆意，与扫浮云放月来。

农民工李学生赞

海崛山崩敢舍身，飞车轮下把人救。
李家父母小学生，社会课堂名教授。

歌手丛飞赞

箱提百万撒千村，病倒无钱救己身。
小小歌台小人物，爱心囊括八方贫。

在公共汽车上

三二青年腾地起，争相让座与人家。
只因这站来新客，步履龙钟似小娃。

交规模范遵守者

扶孙学步向东行,车似春江鸭阵迎。
蓦地娇娃指旭日,拉翁止步曰红灯。

白头乐

走棋兵吃将,炒股绿翻红。
笔吐游龙矫,诗搜险韵工。

魅力上海世博会(四首)

人间仙境

百年追梦只今圆,海上瀛洲世博园。
万国奇珍来荟萃,一时翘楚竞联翩。
楼台夹岸窥黄浦,歌笑乘风闹碧天。
耳目聪明游赏罢,无人归去不神仙。

加冕礼
——题东方之冠中国馆

一自地球绕日旋,文明创造万千年。
中华儿女兴奇想,加上吾球博士冠。

世 界
——题上海世博会会徽

爸爸妈妈抱小娃,肩摩踵接一家家。
棕黄黑白来千万,千万无非你我他。

人

——题上海世博会吉祥物

娲娘黄土抟成我，万物芸芸我最灵。
呼唤全球我亿万，同心奔向美前程。

颂歌献给我中华（组诗）

东方神鹰歌

奋翅翱翔万里征，轮回甲子正年青。
惊人沙暴吞寰宇，击破重围是此鹰。

祝　愿

悬望重轮一甲子，那时问我在何方？
我在天堂看祖国：美哉祖国胜天堂！

夜梦百花开出"中国万岁"奇观（二首）

游人问花

万国争夸上国殊，奇花竞秀意何如？
繁英本是无情物，底事多情识得书？

花答游人

道生万物巧生心，奇迹纷呈华夏春。
自主创新多俊杰，物随人意我通神。

辛亥百年祭

小小香山出大雄，华佗扁鹊叹无功。

不医肤发医社稷，天下从兹改姓公。
万众同心齐奋斗，九州易主立工农。
联俄联共今承昔，游子归程绝又通。

大撤侨

万里迎侨陆海空，只因战火那边旺。
人权华夏白皮书，写在世界地图上。①

风景这边独好

一

一石激起浪千重，中国"天宫"上九重。
奖状奖章来喝彩，有人心似火油攻。

二

天汉"天宫"驾紫霓，天天天外探天机。
有朝一笑惊天下，天杪掀开碟影迷。

三沙市

鲛人卖绢（去声）寓番禺，临别拳拳赠礼殊。
泣下满盘非是泪，海南从此布千珠。②

---

① CCTV 报道：2011 春，利比亚战乱顿起，我国急撤侨 35860 人（全部），颇获国际媒体好评。

② 据晋张华《博物志》："南海有鲛人自水中出，寓居汉家，卖其所织绢，临别泣珠满盘以报。"

公交车里童车梦

车内套车风景妙,小丫含梦朦胧笑。
梦中紧把方向盘,祖国前程笼旭照。

古龙吟

六十春秋探虎穴,五千风雨抗龙钟。
试看指日伸奇志,夭矫腾云闯碧穹。

兴华颂

开放长迎开口笑,打拼何惧打头风!
欲驱五岳为基石,架起珠峰上九重。

铁道员工新春寄语

春节省亲竞返乡,江南江北走炎黄。
勇挑卅亿团圆梦,唯我中华铁脊梁。

牡丹三颂

一

衣剪轻云色剪霞,惊疑养在玉皇家。
瑶台琼露应长饮,秀出神州第一花。

二

月魄冰姿淡淡香,似曾邂逅在何方?
人间犹记驱非典,天使和春降病房。

三

老外观光遍九州，醉夸国色擅风流。
惜皆不识身何在，只在此花蕊里游。

湘西矮寨大桥

鸿雁北还万里行，云程截断暗心惊。
一桥飞接城两座，西上山城东水城。①

贵州大射电望远镜

发挥智慧堪称最，坐取江山止一坯。
此日地球开巨眼，望穿宇宙万年谜。

和珅惧

不怕上司不怕民，只怕曝光媒体频。
谁付传媒豹子胆，尽道长沙那个人。

温总理答台湾记者问

花开棠棣九州晴，兄弟让梨金石盟。
二月东风亲两岸，融融春暖是温情。②

---

① 矮寨，湘西某苗族聚居村落名。山城，重庆。水城，长沙。
② 2010年3月14日上午，温家宝总理在两会结束前会见记者。有台湾记者问及两岸签署经贸合作协议问题，温家宝总理答：两岸一家，亲同手足，大陆拟让利于台。（大意）

红烛颂
——教师节献辞
瞳瞳一炷太阳精,飞焰无私暖晦暝。
燃尽青春终不悔,此芯只要播光明。

挽英雄教师谭千秋
育英严字立旄头,爱是无言月魄柔。
为护学生拼一死,合当师表号千秋。

阳光留守学校校长陈万霞
连呼校长好忙啊!怀搂学生一对娃。
娃子嗲声纠正我,不是校长是妈妈。

英雄客运司机吴斌赞
死神乍降临,保驾心何切!
力挽悬崖马,哪顾肠千裂!
敬业如履冰,时穷见英杰。

贺《富春山居图》台北合璧展出(二首)
——致海峡两岸政治家

一

名卷分身佳景残,相思隔岸梦难安。
江山纸上今圆梦,地上江山何日圆?

二

本是囫囵图,无端分两地。

此日庆团圆，名画好福气！
金瓯缺一角，何日成完器？

2012 感动中国人物（二首）
何 玥
小小人儿遗大爱，临终捧出角膜捐。
昙花一绽匆匆谢，留得光明照世间。

李文波
独立南疆礁一拳，茫茫四顾绝人烟。
家山大陆三千里，碧海青天二十年。

2013 感动中国人物（四首）
黄旭华
潜伏龙潭三十春，潜研潜艇核为魂。
一朝携艇腾空出，黑发人成白发人。

格桑德吉
还乡办学育新芽，谢却繁华辞别家。
雪域高原谁最美？珠峰绝顶格桑花。

死生战友情
馒头一个值千金，雪暴封山班长亲。
强令弟兄和泪吃，死留自己生让人。[1]

---

[1] 据2013年感动中国人物陈俊贵口述。

姚厚芝

绝症罹身忧幼崽，要留名画传后代。
千针万线绣出来，百看总成一个"爱"。

中国人

神入阳乌化为火，寰球腐朽尽教焚。
灵随雁字生双翅，同做两间一巨人。①

怀 抱
——欢呼养老事业提上议事日程

堕地呱呱谁爱抚？母怀乳我睡香甜。
摇摇欲坠今何恃？祖国怀中自在眠。

根

鱼虾瓜豆姜葱蒜，柴米油盐酱醋茶。
百姓开门十四字，"以人为本"一枝花。

难忘那一刻

义勇军歌琤琤起，五星旗帜冉冉升。
金牌灿烂她胸口，珠泪模糊我眼睛。

---

① 60年来，"大写人"不绝于书。然大写小写为西文字母特征，汉字无此区别。或曰汉字繁体亦曰大写。然"人"字无繁简之分。所谓"大写"之"人"，汉文中实系亡是公，是故仆以"巨人"代之。

中国速度
——观刘翔跨栏

鲲鹏奋翮挟风雷，神箭离弦哪可追！
举世惊夸加速度，东方古国正雄飞。

庆港珠澳大桥通车

飞虹跨海揽三城，骇浪惊涛度若轻。
千古文山堪告慰，伶仃洋不再伶仃。①

苏州园林赞

名园打造世无双，剪浪裁崖巧组装。
西气东输南水北，九州何处不苏杭！

颐和园抒情

山疑石怪水疑仙，不尽长廊远上天。
昔日皇城今易主，赵钱孙李喜游园。

舟泊南京

曾经天堑横今古，早是长桥飞过来。
此日长桥多党造，这头大陆那头台。②

---

① 大桥建于珠江口外之伶仃洋上。文山，文天祥号。文抗金被执，赋诗有"伶仃洋上叹伶仃"之句。
② 诗中"此日"为2005年。

铭心国耻

儿时观电影：海贼大屠城。
目惊那一瞬，心碎我一生。

鸠山友纪夫

海上仓皇布战云，晴空万里顿阴沉。
穿霾破雾传春信，白鸽西飞访邓林。

观红梅图
——应中华诗词文化研究所之邀作

点点斑斑满纸红，恍疑白下血花浓。
一枝虬干坚如铁，傲骨铮铮怒指东。

美　景

长记春游复秋旅，平生东迹接西踪。
赏心风物谁堪最？飘闪蓝天一点红。

人字瀑

星河一座浪，抛下两条银。
华夏男子汉，擎天立地人。

长沙晓园即景答唱衰中国论

四望彤云何处涯？西林几点泣寒鸦。
霞光一束开天眼，吐出梅山簇簇花。

九月山乡梦

果香似酒叹丰收，市远难销心上秋。
梦里炊烟解致富，化张网络卖全球。

CCTV 新闻人物高德荣

独龙江水育人龙，辟路穿山旷世功。
自是独龙乡不独，东迎紫气满天红。

2014 感动中国人物（三首）

余　敏

封锁难羁报国才，潜研锐器把名埋。
中华氢弹凌霄上，霸主威风收起来。

朱敏才　孙丽娜

退休支教走天涯，辞别京华辞别家。
唤起书声迎旭日，晚霞分绮靓朝霞。

木拉提·西日甫江

从警前沿反恐人，挺胸作盾护吾民。
盾前生死一条命，盾后平安万户春。

2015 感动中国人物（三首）

徐立平

火箭腹中雕刻家，不雕金玉不雕花。
只雕火药雷脾气，烈焰焚身岂惧他！

屠呦呦

踏遍神农百草乡，寻寻觅觅复亲尝。
一朝炼就还魂药，千万生灵出死亡。

官 东

沉船深莫测，潜水细搜寻。
百死都留己，一生先赠人。

习马会

青史五千年，今书新一页。
两岸手长携，华夏同心结。①

登杜甫江阁

凭栏杜甫阁，恍见杜甫舟。
子美扶窗曰：中华举世讴。
潇湘通四海，花果靓长洲。
吾憾今方释，廉租千万楼。

机耕三令并序（三首）②

如梦令·晓耕

四野机声频送，雾里晓耕相竞。才觉这厢欢，又听那边呼应。呼应，呼应，惊破枝头莺梦。

---

① 习马相会，握手长达 81 秒。
② 20 世纪 60 年代，有感于春耕诗多称颂牛犁手插者，反其意而用之。

调笑令·日耕

原上,原上,风卷红旗在望。天涯铁马飞奔,载来南国早春。春早,春早,播下丰收多少!

十六字令·夜耕

耕,月光如水照垄明。机声响,楼船破浪行。

卜算子·1962年中秋赏月

今夜月如银,墨桂添颜色。遥想嫦娥望地轮,明暗应如月。西半暗于烟,东半明于雪。欲往东方探故园,且待飞船接。

蝶恋花·谒板仓

板仓昔日黄泥屋,人道骄杨,唤起工农处。富贵不淫威不屈,青山不老怀忠骨。　　四十六年风共雨,补罢金瓯,战友重相聚。召集英灵还誓语,踏平天阙开新宇。[①]

[①] 毛主席逝世于1976年9月,杨开慧烈士1930年11月就义于长沙,凡46年。

第三卷

1980年湖南省戏剧季纪事

票房门外人如海,票少人多闹未休。
何不麓山头上演?万人观剧坐长洲。

观《巧婚记》

千里姻缘假意牵,真情结出并头莲。
机关算尽皆成梦,总为卿卿爱弄权。

论诗(七首)

诗须真善美

我手我诗写我真,装潢门面未曾闻。
都来苦觅千般巧,只为全抛一片心。

美在天然

三岁娇娃学美人,涂朱抹黛鬼临门。
阿妈一笑忙施洗,洗出天然桃李春。

二　创

旧体新诗一母生，创辞创意古今崇。
陈言岂是惊人调！窠臼空传鹦鹉鸣。

精　妙

诗不在多而在精，将军胜算是奇兵。
出墙红杏一枝句，压倒黄昏百响钟。

名　作

争鸣律吕吐玑珠，孤诣无风天下驰。
诗著不难名自著，名流未必尽名诗。

灵　感

天台几度寻她去，缥缈芳踪何处驻？
惆怅无言独自归，幽窗一枕欣相遇。

美刺现实主义论

劝我栽花谢好心，栽花栽刺不能分。
奈河桥上曾闲步，打虎冈前肯惜身？！

诗品四题（四首）

本　色

水绿天蓝九寨沟，鸟鸣猴跃不知愁。
苏杭锦绣输颜色，原始风光特一流。

意 匠

方寸袖中拙政园，回廊曲水导人前。
廊穷水尽桃源现，台榭玲珑天外天。

瑰 奇①

帝阍开处送诗魁，玉女如云天鼓雷。
东海晴波千顷碧，醉仙骑鹤日边归。

朦 胧

冷萤明灭信飘流，天上池心月两钩。
寂寂无端鱼泼刺，散琼碎玉乱银瓯。

诗魔（二首）

其一

逗人入彀每深宵，我欲逃禅无计逃。
辜负满园花映月，与君一夜话推敲。

其二

老去原宜息苦吟，奈何缠我度晨昏？
闲人未解诗人苦，将谓摩登学瘦身。

嘲绝句小令作手兼自嘲

诗界葛朗台，文场吝啬鬼。②

---

① 此诗构思，据李白《梁甫吟》而反用其意。
② 葛朗台，巴尔扎克同名小说主角；吝啬鬼，莫里哀同名戏剧主角。

胸藏百万字，只字不浪给。

贺诗并序[①]

海外知音海内逢，山奇水秀解衣风。
切磋不袭前人语，鬼叹仙惊论始宏。

电视报道中国残联艺术团访外演出（二首）

其一

艺坛漫道病残身，蝶舞莺歌醉我心。
屏外眼含晶泪看，屏中儿女尽天人。

其二

舞魄歌魂谁弄春？云中仙使梦中神。
揩干泪眼再三看，不信眼前残疾人！

观《城南旧事》

花棚小院阳光播，笑语似银情似露。
纵使他年烧作灰，也须认得城南路。

观《大篷车》

浪迹天涯年复年，不知何处见家山。
可怜无尽归乡路，一架篷车是故园。

[①] 中国比较文学学会第四届年会暨国际学术讨论会在张家界召开，书以致贺。

观《同窗记》

闻说神仙涉爱河,鸣箫美眷鸣凤和。
天公不合造牛女,惹得人间梁祝多。

观《国宝》

男儿膝下有黄金,宁死不当下跪人。
为解国家生死难,便师韩信复何论!

听王宏伟放歌

不哼失恋伤心调,但听君歌警世雷。
金奖不如民夸奖,丰碑怎似众口碑![1]

读书篇(十首)

读王梵志诗

古窖初开一宝缸,千年佳酿喷芬芳。
昔人不重当时酒,时酒无香今日香。[2]

读《扁鹊换心》

郑三王五性乖张,剖易双心匀短长。
安得神医重降世?为人换却狗心肠。

---

[1] 王氏歌词原文为:"金奖银奖不如老百姓的夸奖,金杯银杯不如老百姓的口碑。"据云:此语源出于朱镕基总理。

[2] 参阅拙著《中国宗教文学史》第256页《王梵志》条。

读《红楼梦》

天下红颜多命薄，古今痴种本情长。
读到绛珠肠断处，便是神仙也断肠。

咏林黛玉

仙子酬恩下九寰，大观园内且垂竿。
情钩抛向红尘里，不钓金龟只钓怜。

咏崔莺莺

妆台留简恼千金，应识千金假里真。
白日人前须做戏，不关心事最关心。①

咏杜丽娘

绮梦情天识可人，牡丹亭畔托终身。
仙郎一别无消息，未断相思先断魂。

读《四游记》

开卷纷纭乱眼花，哈哈镜里怪如麻。
看官尽当闲书看，谁识镜中你我他？②

读《第五才子书》

金氏狂生意气豪，一刀斩断《水浒》腰。
文坛执戟皇家卫，翻被皇家斩一刀。③

---

① 参阅拙著《中国宗教文学史》第491页《西厢记》条。
② 参阅拙著《中国宗教文学史》第550页《四游记》条。
③ 参阅拙著《中国宗教文学史》第767页《金人瑞》条。

读夏五诗有感

笔底打开聚宝盆，诗家富压所罗门。①
珠玑满纸人人爱，卖与商家值几文？

读王恒鼎雨中观天安门升旗诗

形象思维冠一时，谁能小视启蒙师！
人间千万缪斯笔，不敌先生四句诗。②

史鉴篇（三首）

文天祥

耻作元军阶下囚，一歌正气贯千秋。
古来诗品如公者，几个如公敢断头？

天国春秋

剑麻五股拧成绳，托起江山一羽轻。
绳散芯离分作五，擎天膂力化为零。

致霸王

大王何必走乌江？剑影鸿门舞项庄。
但使察奸除项伯，虞姬封后入昭阳。

---

① 所罗门，古以色列王，富甲天下。参阅拙著《中西宗教与文学》第402页《圣经文学》。
② 王诗警策云："广场肃立人如海，都为灵魂洗礼来。"

诗坛杂感（三首）

三公颂

名号天公实亦公，公开公正复公平。
金牌是日银牌月，贫富贤愚一例争。

读甄秀荣红豆诗

一唱新诗四海闻：夕阳红豆意中人。
三生流转如非妄，君是王维第几身？①

故　事

月夜吹箫鸣紫玉，花朝逗雀跃金丝。
王孙千古风流事，传到当今不入时。

英才得失辩论会（二首）

正方——赞李贺

尊讳鬼仙路不通，休凭科第问云程。
生前落寞长遭妒，身后歌诗千载名。②

反方——哀曹植

八斗才成七步诗，同根生作两猜疑。
陈王活得何其累！不若昏昏世不欺。③

---

① 甄诗秀句云："夕阳一点如红豆，已把相思写满天。"
② 参阅拙著《中国宗教文学史》第237页《李贺》条。
③ 参阅拙著《中国宗教文学史》第102页《曹植》条。

向子建告贷

天下天才才十斗，君囊其八何富有！
欲借先生半斗才，待酿新诗百万首。

小百花女子越剧团赞

惊呼天上降仙娥，眸剪西湖两片波。
一曲红楼不是梦，满场齐洒泪滂沱。

大山先生赞

一架大山加拿大，阔颐隆准走昆仑。
生花巧舌操华语，绝倒几多中国人！

读张鹄"虚喻"论有作（三首）

夜　泛

苍苍暮色洞庭平，风送扁舟一叶轻。
新月朦胧如浅梦，微波荡漾似柔情。

听容中尔甲唱《高原红》

忽闻天国降歌声，摄我魂灵雪域行。
青稞酒香千缕梦，酥油茶暖一杯情。

蓬　壶

海外仙洲何必寻！湖湘春醑醉游人。
花光柳态浑如媚，尽欲江南老此身。

调诗迷

男儿挥泪是球迷,少女追星心窍迷。
莫道四十而不惑,老年大学多诗迷。

调梁上君子

昨夜何时降竿门?箧中稿满愧无银。
为君敬赋诗一首,君若重来持赠君。

李白投稿

袖(动词)卷(名词)朝辞白玉京,下凡频吃闭门羹。
据云格律含金少,三字尾多三个平。

调李白

吾师诗思几般清?端的满腔似水精。
应是举杯邀月饮,月儿和酒入肠明。

赠吟侣

昔步诗坛两鬓青,吟成一字一丝生。
早年早是满头雪,今夏今闻千丈冰。

马翁删诗

几丛修竹几丛兰,浇灌殷勤未得闲。
恶草野荆锄必尽,只留亮丽照人间。

1982年湖南省戏剧季开幕

忽惊九月送春雷,鼓乐登场踊屋埃。
不是煌煌三并举,何期灿烂百花开。
新人个个经风雨,故事篇篇费剪裁。
离合原知都是戏,缘何啼笑满堂来?

摊破浣溪沙·观剧

　　旧曲新声一镜悬,浮生百态耐人看。莞尔唏嘘复洒泪,思如绵。
　　悲莫悲兮尤二姐,乐莫乐兮啼笑缘。最是佛崖魔影里,扣心弦。

读毛泽东《卜算子·咏梅》

俏不争春坦荡姿,高风百卉共宗之。
前村深雪横斜影,多少古人搁笔迟!①

观烟水图

咫尺烟霞能几许?怪来神入画中游。
招魂千万别招我,难得余生佳境留。

观翎毛图

一轴春禽挂内厅,眼儿似瞬翅如腾。
扑楞直见她飞下,乞呖咕关绕室鸣。

---

　　① 唐齐己"前村深雪里,昨夜一枝开",宋林逋"疏影横斜水清浅,暗香浮动月黄昏",均古人咏梅名句。超唐迈宋,毛诗发其端矣。

悼艺术大师赵丽蓉

艺绝荧屏乐万家,旧曾调教八哥夸。
灵禽不信明星陨,日日阶前唤赵妈。

观京剧藏戏合演《文成公主》

荒外辞亲去结亲,瓣成两瓣女儿心。
一支汉藏团圆曲,千古连绵唱到今。

观《集结号》

炮声须作乐声听,铁板铜琶竞奏鸣。
曲罢英灵归玉宇,俯观战友赴新征。

断指奇缘
——观电影《唐山大地震》

十指纤纤连母心,横祸飞临断一根。
指断断形神不断,幽怨难舒四八春。
忽逢地坼重生祸,痛舍体肢汶川母。
终悟当年舍己难,断指重归母指尖。

观电视片《颐和园》

"国学"而今火刺词,文章典籍万千车。
万千浓缩成精粹,尽入荧屏这册书。

观《天仙配》演出

幕启森森暗,董郎吊影孤。

追光自天降，投下七仙姑。

戏赠美声歌唱家廖昌永

敲金戛玉醒顽魔，虎啸龙吟泣素娥。
中午月明中夜日，山乡伢子唱洋歌。①

歌手孙悦成名曲

一夜名成一首歌，怎生开启众心窝？
抚平弱者当时痛："收入少来付出多。"

听降央卓玛唱刀郎情歌

川西姐，放风筝，风筝线断遥空外。
断线这头双手牵，此手无形名叫爱。②

听 筝

轻弹慢捻指含情，千载昭君弦上醒。
太息一声无限恨，不关延寿怨朝廷。

重访湖南省文联大楼

东流昼夜逝无痕，不到斯楼二十春。
金马玉堂诸学士，十房人面九房新。

---

① 2013年元旦前夕，CCTV展播歌舞晚会。轮至廖出场，老妻戏曰："乡里伢子唱洋歌。"余当场增补三句，圆成一绝。盖廖出身农家也。

② 听降央此曲，如怨如慕，如泣如诉，令人油然想起欧阳永叔《玉楼春·别后不知君远近》、《蝶恋花·庭院深深深几许》诸曲。

炎黄诗词颂

百姓人家盐与糖，晨昏相接慰衷肠。
随珠无价焉能代？不论工农兵学商。

读李梦唐《咏史》

一部兴亡理乱经，震奢警腐似雷霆。
"覆舟水是苍生泪"：千古牧民座右铭。

晨 星

星杨刘沈新才子，南北东西众口传。
共夸仙授生花笔，竞写龙邦不夜天。

读刘庆霖"一千万只白蝴蝶"喜电张鹄老

开卷昏昏浑欲睡，乌云底事暗双睛？
卷终千万白蝴蝶，扑向书窗眼乍明。

赠杭州沈利斌

香山襟抱玉谿情，嘘向云笺锦绣生。
忘却世间歌舞魅，只缘天界沈郎鸣。

读苏子瞻

绝似官居右拾遗，赤心议政不迟疑。
安知反右从来有，诗入乌台触祸机。

读惠洪禅师

一寸柔肠几许情,十分春瘦计归程。
贪瞋易绝痴难绝,赢得丛林浪子名。

长相思·读一种诗余

烟空濛,雨空濛。邈邈江天云水封,青鸾何处踪?
情朦胧,意朦胧。雾隐芙蕖莲未明,何时款曲通?

《白石诗刊》赞

立社在湘潭,英华中外采。
漫道小门庭,汪洋一个海。

《千手观音》赞

轻舒千臂亮金身,众女同心化一人。
上古仙真原是幻,中华聋哑可通神。

元 夜

团圆喜宴锦灯红,时乐添欢闹夜空。
祝你平安歌一曲,满城漂族动容听。

观《云水谣》（二首）

——和欧阳修《蝶恋花·庭院深深》，反其意而用之。

其一

一水中分两朵云①，温纯如玉洁如银。
深深海峡深千丈，怎及双姝至爱深！

其二

一别东云便杳冥，西云难拒泪如倾。
情怀试问应何似？打破心头五味瓶。

观电视转播《二泉映月》

一缕魔音邈古来，万年幽度绕书斋。
狗迷猫醉僵成铁，乘梦主人上九陔。

观焰火

神工妙手散斑斓，紫绽红张万朵妍。
美罢环球美星外，鲜花栽上佛家天。

观电视飞瀑流泉

静夜思方涩，荧屏景忽奇。
遥怜千尺瀑，飞送一篇诗。

---

① 首句双关点题。一水，既谓台湾海峡，又谓男主人公陈秋水；两朵云，既谓蓝天白云（喻体），又谓东西海岸之两位女主人公——两位王碧云（本体）。

诗 思

若连若断风中笛,如露如藏雾里花。
白日撩人白日梦,神头鬼面到吾家。

斥诗魔

奇观入梦实堪惊,丝绕诗心理不清。
我未招他他惹我,恼人长困不眠城。①

诗 源

老大缘何好放歌?不关灵感与诗魔。
平生踏遍城乡路,刻录心盘闻识多。

忆初识诗人赵朴初

三哭三尼曲律新,卅年醉我到于今。
一从发表招牌作,诗苑何人不仰君!

跋《梦湖绝句艺术》

做五年诗还夙愿,行千里路下功夫。
大人物著等身作,小老儿编芽菜书。

诗 迷

浑忘冻饿一痴人,冥想无羁走六神。
妙手拈来皆妙句,新诗赋就似新婚。

---

① 2006年8月7日,夜梦百花开出"中国万岁"四字,旋醒难眠,成诗三首。

读仿古秀（二首）

其一

步月欣逢白傅公，吟诗无复唱秦中。
长哼新作打工仔，不似当时卖炭翁。

问师何故翻新语？师答古今各异文。
古世古情辞已老，今人今事藻宜新。

第 四 卷

观电视转播世界杯足球赛

绿茵驰骋抢锋头,昼夜荧屏看足球。
待到冠军杯捧日,熬成老汉活骷髅。

魅力:足球明星巴蒂赞

长发梳风似箭飞,彗星草上逐奔雷。
突然开炮破死角,从此无人看选妃。

观电视转播世界拳王争霸赛

拳台小世界,世界大拳台。
一部人间史,杀声滚滚来。

冲 浪

惊涛举起千峰雪,策浪驱波如电掣。
胆丧水晶宫里王,哪吒闹海何时绝?

国际短池游泳锦标赛

枪声乍起如帛裂,射向青波八段雪。

刹那小池战众龙，顿教寰宇添人杰。

惊观电视报道蹦极

天际悬崖云际鹰，众生极限此时征。
飞身一跃余心跃，两架秋千荡太空。

申奥成功夜（二首）

其一

寻梦长八载，圆梦在一宵。
泪溪廿四亿，汇作欢乐潮。

其二

再过八年后，有朋八面来。
拥抱全世界，华夏敞开怀。

足球情结（二首）

我要活
——期盼中国足球队冲出亚洲

晚景难长心似灼，绿茵未见锦标夺。
白头翁效白毛女，高唱一声我要活。

安乐死
——祝贺中国足球队打入世界杯决赛圈

电告阎罗左右知，大王召我勿须疑。
今迁户口无牵挂，华夏足球问鼎时。

贺中国女排里约奥运夺冠

三负何能屈赤龙？东风毕竟压西风。
复兴华夏百年史，浓缩赛场一镜中。

姚明赞（二首）

其一

举世朝华拭目看，篮球王国远招贤。
东来借得撑天柱，撑起西洋半壁天。

其二

游子赤心系九州，每逢国赛必身投。
生儿若使都如许，尽弃人间万户侯！

球迷二首

迎贝

眼射情丝缚战神，绿茵场上系芳心。
一从偶得签名后，永矢三生不嫁人。

送贝

此去情知渺似云，离车才动已销魂。
直疑蜡炬临风立，个个姑娘是泪人。[1]

---

[1] 2003年7月，皇家马德里足球队飞抵昆明训练，球星毕至，球迷云集。云南电视台节目主持人问某小球迷："尔爱何星？"答曰："卡洛斯。"问曰："众皆爱贝克汉姆，尔何不爱？"答曰："贝漂亮，爱之者多女球迷。"（笑声顿起）问曰："尔何爱卡？"答曰："卡善搞笑，球技亦佳。"（哄堂大笑）

为北京奥运喝彩

（一）首钢迁出首都赞（绿色奥运）

年年巨笔白云间，写出骄人黑牡丹。
此日都门迎奥运，牡丹换取碧连天。

（二）迎宾曲（人文奥运）

天安门外万花天，殿阁亭台宾主欢。
只为一回迎圣火，文明荟萃五千年。

（三）开幕式幻想曲（科技奥运）

飙光泼彩画图开，万国荧屏拭目猜。
再世鲁班施妙手，鼠标一点现蓬莱。

奥运圣火上珠峰

本自天上来，今复上天去。
登高望两间，辉煌同一炬。

2008 北京奥运会中国冠军赞

女子 48 公斤级举重冠军陈燮霞

仙子丰标菩萨容，登场一喝转威风。
头功试问凭谁建？开路先锋穆桂英。

男子 62 公斤级举重冠军张湘祥

日月两端一担擒，杠铃高举笑吟吟。
若非报国心成铁，哪得通神勇夺金！

女子69公斤级举重卫冕冠军刘春红

神威一发力非凡，抓起黄河举上天。
华岳浮空列西侧，泰山挑定在东边。

男子69公斤级举重冠军廖晖

突变风云谁保金？帅旗临阵易新人。
冲关原定四年后，时急超前夺冠军。

男子佩剑击剑冠军仲满

三尺寒光定五洲，炎黄儿女逞风流。
诗仙也拟偿豪愿，重下玉京十二楼。

女子双人三米板跳水卫冕冠军郭晶晶、吴敏霞

大众仰头看夺魁，凌虚展翅燕双飞。
俯冲射入瑶池去，止水无惊起万雷。

男子双人十米台跳水冠军林跃、火亮

云霄飘下两雏鹰，比翼高翔小弟兄。
百转千翻同一轨，如形投影影随形。

男女十米气手枪射击冠军庞伟、郭文珺

打靶雄姿定格鹰，穿杨绝技本无形。
心涵古井曹溪①水，未有涟漪半点生。

---

① 曹溪，禅宗六祖惠能传法处。

女子200米蝶泳冠军刘子歌

初出深山玉未磨，误称顽石一何多！
纪录刷新封蝶后，天下从今识子歌！

女子52公斤级柔道卫冕冠军冼东妹

桂冠二度向她加，为国添金难顾家。
千里荧屏传实况，丈夫呼妹女呼妈。

女子射箭个人冠军张娟娟

立马弯弓射大雕，却非猛汉是阿娇。
从来此冕无中国，今日欣看夺锦标。

女子赛艇4人双桨冠军

掷苇投梭水上飞，人潮两岸助声威。
吾华四女好身手，拔得头筹哭笑归。①

男子体操个人全能冠军杨威

剑戟刀枪十八桩，桩桩武艺数君强。
神州凭此扬威力，赢得美名播万方。

男子体操中国团体冠军

曾经折戟志弥高，老将英威小将骁。
妙手夺金非偶得，四年薪胆苦磨刀。

---

① 四女夺魁毕，仰天大笑者二，喜极而泣者二。

2012伦敦奥运纪胜（八首）

——应北京九州国粹艺术院之邀作

"吊环王"陈一兵

耶稣殉道挂天心，裁判心偏瞎打分。

夺我金牌诚有价，口碑无价胜黄金。

女子跆拳道卫冕世界冠军吴静钰

弱者曾经叫女人，拳台今现女儿身。

华夏千斤（谐金）拳唱响，女权（谐拳）主义最强音。

女子游泳世界冠军叶诗文

记录破来惊泳坛，妄人妄断药成全。

几番药检皆阴性，华夏英豪出少年。

男子游泳世界冠军孙杨

赛前劲敌吐狂言："教训"孙郎只等闲。

不道自家翻被教，刷新纪录是华男。

女子重剑世界冠军中国队

文明古国重闺门，诗礼传家淑女箴。

剑客从来男子事，新闻四女剑如神。

男单羽毛球卫冕世界冠军林丹

千番决战沙场上，千度枪挑敌大将。

高天外有更高天，生瑜何必叹生亮！

女子十米台跳水世界冠军陈若琳

玉皇遣使访龙宫，玉女翻飞下紫穹。
回雪卷银撩乱眼，霎时射入碧寒中。

男子竞走世界冠军陈定

走啊走啊走啊走，万里长征心仰久。
昔日红军今又来，争先路上他为首。

贺李娜法网夺冠（二首）

石头尚有翻身日，木子宁无折桂奇！
挥拍英姿红土地，连珠妙语绮巴黎。

百花园暖溢春光，问紫寻红好地方。
园外奈何人似堵？一枝玫瑰出西墙。

茶馆客众热观电视转播

火箭登场赛事新，环球牵挂几多心？
十三亿对炎黄眼，锁定荧屏看一人。

世界杯足球赛之夜

午夜家家看电视，足球惹发地球狂。
九千九百九分贝，惊起亡灵出墓场。

忆昔早行赴校

阿母呼儿起五更，出门犹自眼惺忪。

才离宿梦寻新梦，凉月青风①伴我行。

忆昔求学涟水之畔

日出水流金，月来波淌银。
饮此金银水，浣成锦绣心。

惊 迟

梦觉南窗白，迟起暗心惊。
急急门开处，明月静相迎。

迎 夏

一哨早蝉传夏讯，千竿冷翠涌南窗。
宜开长卷消长日，休卧熏风误远翔。

路

路从天北来，又向海南去。
世上无穷途，何处不相遇？

观钢琴演奏

一双玉蝶儿，款款琴上舞。
妙乐岂琴鸣？声声皆蝶语。

---

① 1940年，阿母送余自湘潭步行赴石潭中心小学就读，两地相距60华里，时余年11岁。"凉月青风"，通感也。

重阳登高

九九上东山，插花复携酒。
人生须登攀，日日皆重九。

股市哲学

几度逢熊几度牛，逢牛莫喜熊莫忧。
千年风水轮回转，一点禅心股市游。

七十自勉

起跑线上我初生，毕生长跑马拉松。
百年已过三之二，犹剩一分把刺冲。

反休闲

当年不识闲滋味，愿获千金买个闲。
今日熬成闲老总，方知不抵半文钱。

初上微机降鼠标

一点精灵把我欺，我搜东来你飙西。
老子若不降伏你，尊你为猫我服低。

越 冬

枝爆新芽粒粒金，原来春自树梢临。
问春寒日眠何处？勤酿芳菲在树心。

示儿女

老父平生富雅歌，宁知宝藏亦多多？
今传汝各一千万，千万思危勤俭过。

哲　理

阴晴圆缺方为月，涨落去来总是潮。
唯有挫身蓄势者，离弦一箭贯云雕。

老　骥

谁云华顶一衰翁？犹是兴云作雨龙。
六十公斤都鼓劲，四十公岁正年轻。

老当益壮颂

休道中年万事休，伟哉负轭老黄牛！
松篁百岁犹青鬓，梨李三春已白头。

神游东岳

一架支离老骨头，天天充电度春秋。
尽道泰山能压顶，泰山顶上我遨游。①

良　宵

山影参差墟落寞，秋声淅沥月玲珑。

---

① 余以望八高龄，攀九华而拒坐缆车，登武夷而不乘竹轿。于是美眉华发，众皆翘拇向余。

谁家茅舍灯如豆？点亮攻书五尺童。

少年行
小郎惜取美韶华，寸寸光阴吐彩霞。
今日耕耘收异日，胸前开出大红花。

惜春谣
小蜂采蜜趁芳菲，不效穿花蝶浪飞。
待到缤纷春去也，子规啼血唤难回。

另类富二代
一双白手从头干，万两黄金不继承。
业待今生零始创，路须自己毕生行。

白 菜
蔬中松柏四时珍，寒暑不凋翡翠身。
志在献忠无杂念，全盘青白报人民。

"男人，对自己要狠一点！"
——长生久视诀

劳动真言人脱猿，此身手脑未曾闲。
飘萧白发天仙马，游戏红尘八百年。

身 影
迎烽无畏长随我，涉水相扶总是卿。

生不离来死不弃,你的名字叫忠诚。

致富经

鸟仗勤飞能觅食,人凭劳动得生财。
巨贪脑袋搬家了,百姓腰包鼓起来。

互 补

婆子唠叨老倌木,唵者关情闻者乐。
唠叨木讷若分张,天也愁来地也憨。

处 世

度日须防生老病,做人休溺酒色财。
乌鸦生就乌鸦嘴,凤凰飞入凤凰台。

玉山金山

世间贫富不关天,个个天生不缺钱。
生也富来死也富,玉山爬出寝金山。

有感于某寺佛头被盗

风高月黑夜行凶,千锁难防斩佛锋。
闻道空门空一切,奈何菩萨未曾空!

斗百草

两茎狗尾结成兵,胜负双方起笑声。
倘使相争如斗草,人间伊甸乐无朋。

偶 书

回首浮生宁似梦？求仙避世总成烟。
逢场每看戏中戏，处事宜思天外天。

南京怀古

江左繁华盖一流，金汤形胜帝王州。
纷纷霸业随风逝，亘古何曾似石头？

杭州怀古

盛世湖山锦上花，衰时歌舞水推沙。
临安安是长安计？误尽苍生误国家。

看 花

花发郊园秀色匀，帅哥靓妹约佳辰。
摩肩对对人穿径，夹道层层花看人。

钓

眉际一丝笑影浮，鱼儿水下正吞钩。
不知己亦吞钩者，老板垂纶在后头。

观送葬

芸芸过客各沉浮，大限临身一样酬。
超霸款爷穷马仔，见人赏个土馒头。

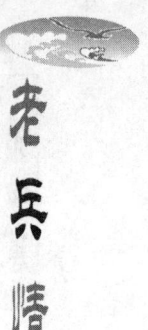

某政协委员答记者问

提案早同雪片来，也非科技未登台。
欲将身外雾霾扫，先扫脑中雾与霾。

笔　颂

孜孜三寸笔，矻矻暮春蚕。
吐却真丝尽，含笑别人间。

追新族

诗家学者两相通，总在终生探险中。
不走他人曾走路，止攀举世未攀峰。

妆台铭

一片冰心夺万金，相夫施政为黎民。
力襄外子成君子，毋助大人降小人。

小创客

大伯阿姨各创新，神思异想尽成真。
创交会上来了我，点铁立成机器人。

车过少管所

行人叹息此园中，桃萎李蔫病小虫。
但使园丁如父母，重教红白笑春风。

京华地下室

三个立方潮与暗，十年磨杵汗和霾。
几多飞誉环球者，都是此中走出来。

1964年冬长沙大雪

昨夜千街雪，今朝铲雪军。
力开天下路，不扫自家门。
色白成何患？心红抵万金。
与天地人斗，寰宇净妖氛。

第五卷

贺谭谈创办作家爱心书屋开馆
倡议扶贫献爱心,八方响应赠家珍。
签名著译纷纷至,天下斯文住一村。

赠同学翁(二首)

其一
五十年前初聚时,君如报喜枝头鹊。
嘻嘻夜半笑何甜!泄露梦乡一派乐。

其二
五十年来重一遇,依稀似你还似误。
皱纹深浅额前横,记取曾经风雨路。

偶翻电话号码簿
簿里新交杂故人,故人久故谊长新。
寻呼频按灵台键,两地仙凡识旧音。

送儿去国

元春赴选入官门,尽羡皇亲富贵临。
富贵不医思女痛,夜深肠断贾夫人。

题湛江艾彤书室

芸窗三尺含沧海,书案一方叠稿山。
怪底先生文不竭,室藏山海腹藏天。

益阳赏桃

——兼贺夏五执教益阳老干诗词班十年
桃花仑里看花来,百亩东风笑靥开。
借问芳林谁做主?无人不道夏公栽。

除夕火车站

头海迷茫未有涯,飘来涌去乱如麻。
身心倘使长厮伴,此刻行人尽到家。

悼亡会上

哀乐何曾习惯听?波波都是断肠声。
早知今日肠千断,恨不先天病哑聋。

观迎娶

锣鼓喧阗响彻云,悠悠花轿喜临门。
娃娃不解新婚喜,戏扮新人作解人。

双九岁末辞旧迎新（二首）

其一

往事重温疑隔世，百年将满待新春。
今宵出世小娃子，明日便成隔世人。

其二

宝宝爷爷爸爸妈，祖孙三代脸生花。
一同跨入新世纪，打造新天新国家。

悼常青①

乱锄如雨倒奇峰，血溅巍峨一丈红。
纵有游魂招不得，招时不敢认君容。

悼张觉②

骨肉相残万古愁，人间何处觅同俦？
诗魂赋屈逐流去，碧浪唏嘘尽白头。

留　客

归心归去在身先，无计挽君共榻眠。
暮雨敲窗须解意，为人留客到明天。

---

① 常青，原中国人民解放军第21兵团干校文工队队长，"文化大革命"中死于乱锄之下。

② 工人诗人张觉在"工人阶级领导一切"之"文化大革命"中，因遭批斗而投江自尽。

游子吟

忧寒患暑娘心碎,欲报亲恩重泰山。
临别问娘何所愿,愿儿千里报平安。

思妇吟

侬住峡西君住东,子规啼血夕阳红。
寄君一串相思豆,何日离人两岸通?

老兵还乡

红妆初嫁抓丁去,白首余生跨海还。
梦到真时真亦梦,相逢犹似雾中看。

母亲节献辞(二首)

其一

教子咿呀学语初,教因习步赖扶持。
把家做活身为教,自古人生第一师。

其二

总统管人千百万,我娘管我一儿郎。
都说总统比娘大,总统上头也有娘。

听儿歌有忆

孤灯影啊摇篮影,慢慢摇啊细细哼。
长记温馨一个吻,教儿暖到白头翁。

中秋怀人

清晖万里夜阑珊,月到圆时人未圆。
哪得人如天上月,乘风过海返家园?

中秋之夜珂儿电话问安

隔洋送暖慰严慈,更待明年明月时。
三十六旬今夜始,朝朝暮暮病相思。

梦见亡母

老家庭院旧时衣,子唤阿娘母唤儿。
叵耐晓雷惊晓梦,生教母子顿分离。

哭亡友

去年花雨抛红泪,送你携春出远门。
底事同行不同返?春回无处觅斯人。

谢王亨念李斌秋伉俪来访并馈君山名茶

如水知交四十春,蓬门一顾赠银针。
清芬袅袅萦几案,万缕情丝出故人。

似曾相识燕归来(二首)

其一

辞乡岁岁兼辞岁,头白归来记忆新。
昔日后园吾世界,只今看似小花盆。

其二

依依故里试敲门，童子应门好熟音！
惊现儿时小伙伴，自云伙伴第三孙。

疯

梦里吟哦佳句成，翻身命笔急开灯。
对床室友朦胧醒，闭目咕隆道是疯。

学 而

默诵单词行路边，埋头误撞小婵娟。
慌忙道歉抬头望，当面一根电线杆。

题 照

留影难忘战友情，白头妪并白头翁。
相依岂必曾相恋？同是军中同志兵。

忆湛江并寄诸战友（四首）

其一

椰风蕉雨凤凰云，拖板声声入耳亲。
海上渔帆应似旧，马翁不似旧时人。①

其二

校门出了进营门，穿上军装授课文。

---

① 忆昔每逢春夏之交，霞山木棉树开花，有如红云满天，俗呼凤凰花；又放学之际，校园内外，拖板之声大作。

粉笔一枝劳赤子,雷州半岛献青春。①

其三
假日郊游乐事新,沙滩拾贝返童真。
湖光岩上划云海,榕树丛中学鸟音。

其四
他乡胜似故乡亲,南粤扎根有"大军"。②
准拟百年身后约,重来聚首湛江魂。

寄南昌诸战友
月满西楼风满襟,重重往事入诗魂。
明年明月秋风夜,滕阁江边访故人。

念亡友
我羁尘网永相忆,你赴仙乡久未闻。
两岸不应长阻绝,明朝驾鹤去寻君。

亡友见访
故交托梦降云轩,不改英姿弱冠年。
兄驻红颜弟白首,我缘诗魅你缘仙。

---

① 老战友中多系学子参军,入伍后任文化教员。
② 20世纪50年代,湛江百姓呼子弟兵曰"大军"。

相思化蝶

何惧征程风雨狂！翩翩展翅赴天方。
琼楼故旧应无恙，迎蝶推开两扇窗。①

有　怀

一别悠悠万里心，今宵对月忆征人。
遥知塞北冰霜夜，归梦江南花鸟春。

盼

张罗土菜办新衣，一日念叨一百回。
残夜洗牌占挂久：天涯游子几时归？

倚　闾

十载吾儿返里迟，分明英俊复魁梧。
如何泪眼模糊里，翻现蹒跚学步时？

无　题

白头聊效少年郎，一瓣心香寄五羊。
梦里惊鸿犹似昨，斜晖脉脉意长长。

忆文革兼赠宋清福

卅年回首忆围攻，宰马声声似鬼鸣。
飞瀑万条大字报，总无只字署君名。

---

① 半世知交，飘零殆尽。中宵念及，不禁潸然。

忆儿戏（四首）

观蚁战

记得儿时观蚁战，小园独自乐融融。
当年若解南柯梦，愁杀千娇二尺童。

万花筒

三片玻璃一个筒，几星彩纸幻无穷。
焉知幼小耽奇者，不是他年创意翁？

扑流萤

荧斑几点忽西东，东逐西追无计系。
本待留星歇我家，到头却被流星戏。

数星星

乘凉仰数满天星，欲与星星结友情。
我向牛哥招小手，牛哥朝我眨眼睛。

忆童年赴外祖家（二首）

其一

薄暮空山影伴行，无名恐惧似潮生。
匆匆翻过鹰愁岭，茅舍炊烟摆手迎。

其二

诸弟出门遥唤我，更兼邻里两三家。
合村迎我谁尤乐？摇尾腾空是小花。

佣

男儿三十未成家,朝夕有佣呵护他。
累断脊椎无怨悔,此人名字叫阿妈。

我家奶奶是儿童

奶奶咭呱学外文,先生就是膝边孙。
《儿童英语》老花镜,诚请"先生"为正音。

机场送别

儿作九霄鹏,娘编因特网。
儿飞万里程,总在娘心上。

女儿歌

其一

女儿来电话,找父或寻娘。
寻娘问生计,找父解文章。

其二

左手提金鲤,右手捧西瓜。
来的不是客,闺女返娘家。

2005年秋随弦儿离湘赴粤(六首)

弦儿双喜

博士相兼教授时,青杨卓立展芳姿。
谁云老马无佳作?试读吾家这首诗。

搬　家

莫道家贫细软无，车拉卷帙似山驱。
前途站站如博彩，行尽千程总是输。

启　程

故园忍别便登车？老去辞枝似落花。
胸种思乡籽一粒，出门回首已抽芽。

夕发长沙朝至广州

车走雷声一梦醒，人传电话五羊迎。
下来东望西张了，陷入南腔北调中。

初入花城

未知何处是新家，滚滚如流满目车。
此日书生逢礼遇：五羊捧上一城花。

紫荆花里卜新居

君问谁家是我家？来寻应泛访仙槎。
仙家标识君须记：掩映琼楼是紫霞。

咏活色生香赠福州陈良运

浣沙越女小桥东，绝代天姿叹化工。
粗服乱头原是美，未应杂入绮罗丛。[①]

[①] 陈氏《话说"活色生香"》（载 2005 年第 4 期《中华诗词》）一文，大倡鲜活诗风，力矫时流复古之弊。

奉和太原李旦初《丙戌迎春曲》

如雷炮仗换新天，旭日东来万物欢。
湘岳雪消寒气散，待迎红紫暖人间。

赠南宁袁采然

悬想西南彩笔才，丹青胜似化工裁。
何当一仗点睛手，招得溪山入室来？

忆别寄杭州吴戈

握别武陵几许年？月华百二十回圆。
毛翁若揽九天月，尽扫人间别绪煎。

送杭州吴戈（二首）

其一

闻君奉调西方去，就任诸天艺术科。
彼岸目连公演日，盼君邀我一观摩。

其二

天国兰台二三子，黜降尘寰著文史。
当时奉旨我先行，先降先归叙年齿。
奈何我降在君前，君生我后却归先？
寻常见惯不公事，居然天上似人间！

斥兆

故人卧病久，闻鸦心似悬。

话筒提在手,不敢问平安。

哭湛江艾彤(二首)

其一
匆匆一别海山斋,文苑忍教失俊才?
网上幽明通信息,问君新作几时来?

其二
旅居世外避人间,应为鼠灾寝不安。
硕鼠有朝消灭尽,迎君依旧返乡关。

寻人启事
我有故人辞宇寰,相思镂骨日如年。
黄泉碧落知踪者,幸赐佳音谢纸钱。

太平间里
娇儿酣睡一身寒,慈母号啕唤老天。
犹似深宵潜送爱,要将棉被暖心肝。

山口顶牛
山口徐行悠复悠,未防劈面北风头。
老夫身老心安老!顶退风牛出野沟。

半合才
佛陀导我梦生前,夙入骚坛结雅缘。

乞得陈王才半合，酿成马叟韵千篇。

2005 飞虎队探访第二故乡

春城曾记战长天，梦绕魂萦六十年。
此日迎宾红乱紫，英雄血汗润花妍。

赠书并序①

百样书生一样贫，著书待换米和薪。
倘然书是医贫药，散尽藏书济世人。

芙蓉并序②

下海争锋赢大款，爱书十九属输家。
腰囊羞涩心如绣，跃出污泥映日花。③

致盗书诗友并序④

虚掩柴门夜待兄，偷书大胆往前行！
诗迷不计诗迷过，惺惺横竖惜惺惺。

赠张鹄

先生未解攀龙凤，只把诗书朝夕诵。
八十春秋眼似鹰，居然不识老花镜。

---

① 天津郊区残疾人某索余绝句，题诗于书以赠之。
② 某监狱服刑工人索余绝句，题诗于书以赠之。
③ 杨万里诗云："映日荷花别样红。"
④ 为印梦湖绝句，置《梦湖诗词诗话》一册于印刷厂作样书，不翼而飞。惜乎绝句一书当时尚未印出，今一发开门揖友补赠之。

解嘲谢选家

牛耳不曾传拙手，士林也未出人头。
无明愧对百家选，有赏须封零户侯。

送　别

小序：珂儿携妇将雏归省，越五日，赋别机场。

小住晨昏甜似蜜，别时肺腑痛如煎。
此心割入行囊去，相伴儿孙飞上天。

梦湖四泪

弃娃泪

孤灯一滴泪，年夜独思妈。
梦寒啼到醒，春意闹邻家。

农村留守儿童答 CCTV 记者问

笑答阿姨不想妈，打拼在外娘为家。
篱边语罢无声久，闪烁腮悬一泪花。

艾滋孤儿泪

问我有何宏愿否？愿栖一梦千年久。
人有爸妈与小朋，梦中我也全都有。

红色望夫岩①

送郎万里去长征,妹是井冈织女星。
黑夜望郎到天亮,今生等你到来生。

品孙儿满月录像

几缕笑漪泛起来,团团一朵睡莲开。
迷心伸作无形手,把爱柔柔捧入怀。

观孙儿听乐录像

活泼泼兮蓦地痴,一时忘却奶和酥。
神凝目注口疑唱,底事唇边挂串珠?

老战友邹同声电话拜年索句

千里哈哈驾电飞,话筒提起响春雷。
对方何必通名姓?体胖心宽还有谁!

悼唐维安张铁夫②

(一)

昨岁他长别,今年君永休。
只此杯中苦,何时饮到头!

(二)

友伴知多少,驾鹤去悠悠。

---

① 某作家手记:中央苏区,有九旬红嫂,每于黄昏,村头岩立,翘首伫望,永盼郎归。一恸!
② 1986年夏,余与二子共创湖南省比较文学学会。

生途剩个独,心头立个秋。

思亡友

匆匆一别忽经年,欲访仙家何处源?
人道天仙天上住,见天日日见君难。

感 应

怪底朝来频发噱?念叨耿耿谁相忆?
应须寂寞玉楼仙,天上人间肠永系。

招张鹄老共进午餐

思君一日便三秋,倒屣迎君上小楼。
蔬粟寻常无异味,文章品藻胜珍馐。

自星迁望留别张鹄[①]

浪迹尘寰八十春,唯伤此去泪沾巾。
满城愿插千行柳,难别城中一故人。

获龙井候张鹄相与品茗

九洗琼杯待注香,杯言何事久吾凉?
爱杯汝主今非我,今主时应赶路忙。

[①] 余自幼就读并寄宿于石潭小学。此后居家日少,远游日多,屈指算来,近八十春秋矣。余与张老,以品藻风骚之共爱,订交于20世纪70年代,迄今几半世纪矣。古人折柳送行,今余插柳留别。意皆惜别也。

赠黄老政海

鲁直先生直系孙，诗书双绝耀家门。
当时二美苏黄并，今日东坡何处寻？

读郑伯农新论有赠

犹记当年挺马翁①，梅开二度②扫颓风。
京华故老应如昔，一纛③凌霄四海宗。

相　煎

城管挥拳小贩逃，为因糊口不相饶。
弟兄反目谁之罪？前世尔曹本姓曹。

悼红辞

营楼赴约木兰时，执手无言悔已迟。
若个少年同草木？戒律当头未敢痴。

方拟生前倾忓语，何期遽作升仙举！
相思把做一封书，托付青鸾遥寄与。

若说无缘偏有缘，漂萍二度聚人间。
若说有缘何处是？波心望月不成圆。

---

①　"马翁"：马克思。20世纪80年代，西方文艺思潮纷至沓来。时仆掌某刊编务，曾以是否仍需坚持"社会主义文艺"口号为题，邀国内知名评论家《答编者问》。郑作答肯定。

②　"梅开二度"：郑先后任《文艺报》《中华诗词》主编。

③　"一纛"：郑氏新论《一桩历史公案》。

乍闻噩耗梦魂惊，辜负卿卿一往情。
浊泪诚知难赎罪，捧心还报盼来生。

问谁频把夜窗敲？似雨似风还似潮。
桐叶飘零知欲尽，不堪入耳是萧萧。①

萧娘仙逝五周年祭

少年未解双星会，辜负阿娇长抱愧。
赠我三生石上情，报君一斗鲛珠泪。

迁居康乃馨养老社区金秋寄语

序曰：泉石烟霞，处处莫非仙境；诗书笔砚，天天不啻玉堂。噫嘻，既续余年之有余，爱吟绝句于未绝。

山苍水白桂花风，日色流金月色融。
亲友霾中相问讯，余年储入氧巴中。

康乃馨养老社区平居见闻

非亲非故如亲故，虽独虽孤不独孤。
天人俯视捻须笑，他是家门马克思。

康乃馨养老社区短笛（六首）

（一）登秀山

足踏千阶坠，天悬二阁迎。
问莺吾所至，答曰鸟仙城。

---

① 萧萧，落叶声，喻老战友萧某。

（二）春闹

春浴江南鸟乱啼，园林无处不生机。
东风唤醒冬眠绿，竞展纤腰上竹篱。

（三）重逢

秋风山曲野人家，灿果相迎一捧霞。
犹记春时朝我笑，枝头那朵小红花。

（四）秋晓问答

雪须银发黄花道，土地公公早晨好！
误会哈哈我非神，年方二九不言老。

（五）老子不服

人堕黄昏百不宜，每临一事一支离。
忘词乍断家常话，瞌睡长朝电视机。

（六）晨起

淡月羞逢红日迎，晓风低唱鸟和鸣。
若非南海东瀛事，孰道乾坤不太平！

新世纪竹枝词

问流云

小哥寻梦路长长，别梦悠悠绕绿窗。
天上流云哥是你，今宵流浪到何方？

春游绮梦

少年木立花如锦,伙伴呼来魂不醒。
凝注目光牵向谁?那头系个婀娜影。

仿刀郎

那日联欢初识君,入魔魂魄别郎身。
将他粘住为何物?火辣无双红嘴唇。

阴转晴

只缘拌嘴声如哽,背人独自眠花影。
耳畔忽闻赔小心,扑哧一笑挽郎颈。

谜

小哥日日跑西家,何事丢魂中了邪?
纳闷阿娘寻子去,西家大姐一枝花。

失　物

一条人影出园门,娘道偷儿月下临。
点遍家财无失物,可知盗走女儿心?

放映场上

移坐傍他口嗫嚅,霜风欲透妹肌肤。
阿哥棉袄宽天地,得借哥怀暖手无?

月台小景

汽笛声催送客行,列车启动尚叮咛。

郎心抛进车窗去，一路陪她下洞庭。

汲水池边

飞出花丛一石奇，逗开池绿起涟漪。
小哥你个飞来石，搅乱妹心水半池。

皇家传奇

难得奇男旷世闻，波天富贵等烟云。
千钧权杖成何用？轻换亚当骨一根。①

朝　云

畴昔巫峰一片云，悠悠飞驻小楼春。
春云辞别小楼日，目送飘飘直到今。

女兵梁子

战斗英雄回信了，怦怦展读容光皎。
末行读罢喜翻愁，附笔爱妻相问好。

江南花月夜

朗朗溶溶江上月，娉娉袅袅岸边花。
满哥眼里花和月，都是梦中那个她。

顶级收藏家

奶奶珍稀百宝箱，金银珠宝未收藏。

---

① 《旧约》：夏娃是上帝抽取亚当的一根肋骨造出来的。

只收百样爷爷好，锁入心房永不忘。

惜别（三首）

（一）

去年人去月笼柳，柳月依稀今复有。
柳如秀发月如眉，不见伊人应白首。

（二）

登楼唯见柳当楼，万缕晴丝袅未休。
却羡檐间双宿雀，终生未解别离愁。

（三）

大错已成难自持，隔洋夜夜只相思。
情医慰药托明月，痛上君心月上无？

相逢何必曾相识（二首）

眼 波

眼波半句无声话，闪得小哥难撂下。
红豆咖啡饮几杯？月容日夕眼前挂。

伞 花

伞花半句无声话，递伞小姑微雨下。
伞入少年双手持，化钩问号心头挂。

对歌（二首）

未敢有欺

哥：一言相告妹休惊，昔日阿哥掏粪工。
　　未敢有欺情妹妹，不知依旧妹垂青？
妹：哥掏肺腑妹心倾，哥是水晶一柱明。
　　本拟白头同到老，于今爱你到三生。

永不变

哥：哥是边防一个兵，身经战火眼失明。
　　从今阿妹休等我，何处不逢好后生！
妹：阿哥卫国妹光荣，战火无情人有情。
　　曾誓同心永不变，妹当手杖伴哥行。

相见时难别亦难

——观电视报道朝韩双方离散亲属见面会感赋

父子北方母女南，重逢未几赋阳关。
昨宵灯下一番话，难诉相思五十年。
镜破乍圆圆复破，魂牵才了了还牵。
试看南北团栾日，万户弦歌半岛欢。

某老农送爱女进城听歌记

一方门票十担米，可怜父爱贵无比。
女进歌厅去听歌，父立门外寒风里。
忽闻爱女起高腔：张学友啊我爱你！
呜呼！父爱女兮女爱星，如此代沟是何理？

和杨里昂《忆昔》歌

时逢文革革文章,老九惶惶何处藏?
幸有工农兵做主,莫杨郭马聚潇湘。①
老莫有妻同没有,平生惟爱烟茶酒。
烟抽半日堪十丈,茶饮百钟酒千斗。
枕中秘籍《将军吟》,一朝刊布天下闻。
杨子就中年最少,风流儒雅健谈笑。
论诗每令四座惊,交游遍及星沙城。
郭老逢人浑不识,只缘千度眼近视。
案上积尘盈一尺,诧呼雪拥办公室。
马胡本是谪边氓,杨郎不弃收入囊。②
愧我才疏无锥利,处囊终未出锋芒。
人生离合经常有,倏忽东西各分手。
君不见,月缺月圆皆有时?
待从头,天上人间重聚首。③

菩萨蛮·1977年粤桂同仁先后来访

长沙巷陌梧桐荫,声声鹊报传佳讯。朋自远方来,送经茅塞开。

同志皆兄弟,兄弟多情谊。情谊几何长?长江下海洋。

---

① "文化大革命"后期,莫应丰、杨里昂、郭味农及余,先后调入长沙市工农兵文艺工作室。
② 余之获调,全仗杨氏之力。
③ 赋此歌行之日,莫氏作古十载矣。

浣溪沙·答天津郭大姐

北雁传书一叶寒,人生无奈老来艰。问君何不学修仙? 弄笔每多润笔少,著书容易出书难。阿门翘首盼来年!①

卜算子·我给情哥打手机

哥寄手机来,妹寄哥红豆。遥祝阿哥好梦圆,妹在家相候。拼搏是人生,离别家家有,只要双心长似金,胜似长相守!

虞美人·鬼友访谈录

雨窗灯畔黄泉友,抵掌欢谈久。极言彼岸乐融融,市集官场无处不公平。 华佗妙手人称颂,都把心挪正。频拉我手探胸膛,可不良心搏动在中央!

---

① 学修仙,谓学气功。

第六卷

映山红

照眼春光一色新,遍山如火布红云。
应知岳麓花开处,尽葬炎黄热血人。

月 桂

桂放蟾宫贵附身,昔人折你步青云。
共和时代民为贵,营造中华大桂林。

茉 莉

香茶一盏小楼春,非醴非醇也醉人。
妙玉再生惊玉液,怎知原是这花魂!

榴 花

近玩匹似朱砂溅,远望惊疑火炬燃。
管是祝融新入阁,传怜送暖到人间。

夜来香

不争白日不争春,只待秋风夜色临。

影瘦未妨勤奉献，拼将生命酿流芬。

荷　叶

风过荷塘绿浪翻，几枝红艳翠云间。
翠云若被风推去，只剩孤红剧可怜。

古　松

休笑古松虬干蟠，容光不复少年般。
少年不见松年少，松古年年见少年。

山　茶

孤山曾识胭脂面，恰似明霞卧碧丛。
料得花仙应炒股，投资红日日分红。

仙人掌

铁手金针四季青，雄姿不屑与花朋。
欲将仙掌栽余掌，击尽人间逐臭蝇。

野蘑菇

生在深林长在山，世间污染未曾沾。
豪门盛宴嫌他土，亿万乡亲泥①佐餐。

菊　颂

春华绮丽万家珍，春去飘零萎作尘。

---

① 泥，去声，执着要求也。元稹《遣悲怀》："泥他沽酒拔金钗。"

何若菊英枝上老，昂头傲岸立寒晨！

红叶歌

岳麓山头几树枫，铜根铁干老英雄。
精忠本色秋方显，片片丹心照碧空。

观海豚表演

两梭墨玉乍投空，球立笋尖破浪行。
水上芭蕾君夺冠，金牌含笑出云中。

蜂 情

如痴似醉酿流金，乍去还来欲我亲？
寄语花间休见外，诗人须是你家人。

鸟 邻

橱中百卷书堪诵，窗外红楼影入空。
旧燕不辞书室陋，偏巢檐下听书声。

雀谊（二首）

其一

长记点名归另册，几多白眼远相看！
可怜只有檐间雀，日夕喳喳去复还。

其二

案端置粟招他下，老小无猜各尽欢。

试问雀儿何所喜?雀言与我订金兰。

狗仔与蜻蜓

夕照蜻蜓纷乱出,顽皮狗仔瞎胡追。
追来池畔歪头看,点点飞红点水飞。

蝌 蚪

白石老人作画成,临池洗笔水盈盈。
清波漾动浮游墨,天下蛙声出此中。①

黄犬殉主(二首)

(一)

老翁贫病卧山林,梁肉空橱酒涸樽。
昔日高朋星散尽,阿黄不改守寒门。

(二)

天帝召翁驾五云,阿黄绝粒苦哀吟。
傍翁蜷卧恹恹毙,化作崚嶒一座金。

云南出现金丝猴种群

森森林海乱纷纷,云外飘来万点金。
从此猴区凭自治,人猴相爱不相侵。

---

① 清波游墨,望之宛若蝌蚪成群,错觉也,借喻也。

灵灵并序①

八寸柔金一段灵，娇娃襁褓掌中轻。
我们爱你猴孙崽，你是我们小祖宗。

牛

看看挤奶欲成河，果腹止需草一箩。
佛许来生原是梦，不辞献爱此生多！②

老牛吟

叱他迟暮向屠场，步履艰危泪两行。
犹记峥嵘拉磨日，槽头披彩赐高粱。

猕猴幼仔歌

饥煎寒逼不堪愁，前世为人苦到头。
动物园中今转世，华居美食乐悠悠。

螃 蟹

一为网罟可怜虫，端起双螯事远征。
死在眼前浑未觉，异乡犹自肆横行。

---

① 昆明世界园艺博览会开幕之际，拾得金丝猴娃一只，恰与大会会标金丝猴灵灵，交相辉映。

② 佛教神不灭论认为：牲畜此生受苦，系还前生之债，债清之后，来生复可投胎为人。此等许诺，吾固知牛必不信也。参阅拙著《中西宗教与文学》第 395 页《佛教小说》条。

咏 蜂

嗡嗡浅唱采芳菲,占尽春光四野飞。
午梦访游蜂世界,万蜂劳死一蜂肥。

黄山松

枯岩隙里鸟难容,坯土育成一巨松。
休怪老天亏待物,自来贫贱出豪雄。

玫 瑰

千丛红紫亮街心,西俗东来送早春。
宝玉转生花再世,今宵好见可憎人。

花 影

花艳西园日出东,娇姿绰约本天工。
粉墙写影依稀似,满纸文章是克隆。

咏野寺外落花

瘦损娉婷半个春,春容不整泪缤纷。
春愁无限斑斑血,合是慈悲菩萨心。

风 筝

不共林间鸦雀俦,扶摇得意任遨游。
升沉操控他人手,问你果真得自由?

咏特种医疗证

当年特种医疗证，特许高知享一流。
谁料一流奉献者，临终病榻乞人周。①

垃圾箱

海鲜败了酒成酸，腊肉腐了果似絮。
大户豪门倒进来，乞儿孤老搜将去。

图书颂

吕祖真传神酒樽，方干即满海洋深。
人生三万六千日，不可一天不对君！

逛定王台图书城

歌榭舞厅过眼云，每临书市顿销魂。
书生只合书为妇，除却文章不动心。

酒颂并序（三首）②

读　酒

《湘泉之友》降寒窗，馈我诗文四百行。
字字分明滴滴酒，闲吟细品齿生香。

----

① 著名诗人公刘病重住院，无力支付巨额医疗费用，其女儿被迫求救于中国作协。湖南花鼓剧院著名演员凌国康病重住院，亦无力支付巨额医疗费用，被迫求助于电视台，呼吁戏迷解囊相救。"老人老办法"安在？吾亦常恐异日求好死而不可得也。嗟乎！

② 余少罹风痹，竹林之韵常亲；老患心忡，青莲之雅难附。而今举杯何敢？走笔犹能；爰索回肠，聊成三唱。

忆 酒

恍似驱车入醴乡,少年豪侠乱飞觞。
酒情何惜泼宣纸?醉笔书诗字亦香。

梦 酒

日上床头未起床,老妻扶起问端详。
梦中昨夜陶然醉,知否湘泉满室香?

附致《湘泉之友》报主编函

主编先生足下:

数获《湘泉之友》,酒香扑鼻,令我神摇。书生技痒,偶吟三绝,书呈左右,聊博一粲。仆闻之,诗家咏唱,一贵创辞,二须创意,二创俱佳,方称上构。今仆此作,未敢云佳,但效投桃报李之古习,以报足下赠报之德也。

专此,即颂

冬绥!

马焯荣敬礼 1998 年 12 月 8 日

刘伶叹
——酒鬼酒赞

元夜开筵闹武陵,麹香浓酽透时空。
刘伶梦觉千年后,自叹枉称酒鬼名。

亭面糊放快

面糊最忌晨呼鬼,吉日一呼千古悔。

百岁魂销鬼酒香，寿辰盛赞杯中鬼。①

乘飞机

飞机应似大摇篮，犹记儿时睡不安。
长夜长劳慈母手，轻摇宝贝进香甜。

南乡子·酒颂（二首）

竹叶青，女儿红，怎似湘泉无限情！相思一段何时了？真巧！席上相逢香袅袅。

玉杯倾，眼朦胧，今日开怀莫负卿。卿卿合是花仙友，知否？谪入尘寰权作酒。

异化记并序

文革蜩螗，余罹鬼魅；
囹圄独系，晓晚七轮。
四壁生寒斗室囚，忽闻窗外鸟啁啾。
无端身化笼中鸟，转羡隔笼鸟自由。

木化石

坚忍修成铁骨身，恶虫毒蚁任相侵。
娇花媚柳匆匆谢，此老铮铮万古存。

---

① 亭面糊，《山乡巨变》中酒鬼式人物；放快，湖南方言触犯禁忌也，语见《山乡巨变》。

月魄桂魂入室来

无端恼梦桂枝香，觉后幽轩夜色凉。
花叶满身拂不去，未知明月正当窗。

野蔷薇

水红霜白素娥妆，幽谷临风自在香。
堪笑姚黄和魏紫，折腰俯首事华堂。

客 串

一班丝竹自纷纷，但惜无人启绛唇。
帘外忽传歌婉妙，珠喉巧啭出春林。

莲花赞

——应北京神州博艺美院之邀作

惜堕红尘姊妹行，只伊特立水中央。
如来宝座慈悲海，君子冰怀淡泊乡。

莲氏兄妹对话[①]

莲藕夸莲花

二十四番花谢幕，凌波仙子亮西湖。
待迎碧落中元月，更献红尘一捧珠。

莲花慰莲藕

且劝阿哥暂屈污，怀才莫叹食无鱼。

---

① 千古文章，赞荷而不及莲子与莲藕。今余试为一赞。

天生一段昆山玉，济世伸头会有时。

双猫登机赴台记

园园阿姊且心宽，跨海飞天云路闲。
待到咱俩婚嫁日，人民两岸庆团圆。

斗牛场上老牛鸣（二首）

（一）

欺我笨拙将我赢，死一万遍心不平！
有种你就学武二，不斗吾牛斗大虫。

（二）

决斗欺牛太不公，逞强凌弱岂英雄！
古时罗马角斗士，斗狮斗虎抖威风。

少女狗狗之烦恼

（一）

主妈昵唤我妞妞，美食花衣样样有。
奈何脖上套根绳，自由捏在主妈手。

（二）

都言我享安乐窝，其实不如流浪狗。
窃慕邻家帅狗哥，久欲私奔难出走。

森林之王涉江走婚

皑皑林莽黑龙江，江北虎妞南虎郎。

跨国迎亲免护照，王孙济济振家邦。

虎年咏虎
——2010年元旦献辞

崛起中华如踞虎，交通万国似游龙。
试看扫灭沙尘后，日浴全球面面红。

2010京华黄昏掠影

归路难于上九苍，飞轮恰似陷泥塘。
小车四百八十万，马路条条是灌肠。①

拟钻石婚意咏破旧辞书

畴昔双心一见倾，历遭文劫护娇卿。
玉容瘦损今卿老，犹把亲亲掌上擎。

晚嫁咏京版《中国宗教文学史》

我儿待字在长沙，长羡名媛早适家。
老大可怜成剩女，安辞远嫁走京华！

咏京版《坐标比较文学》

冰人作伐忆从前，雾里观荷不见莲。
此日都门迎娶毕，何曾丑鸭化天仙！

---

① CCVT"新闻调查"栏目报道：北京市拥有小汽车480万辆，数量居世界各大都市之首。

行将寄身老年公寓拟献藏书

书生别书

朝夕相亲我与书,书郎颠倒为君痴。
一生长恋一朝别,濒死春蚕难断丝。

书慰书生

文化为魂体作书,万年人类共营之。
论权我属全人类,姑弃先生一己私。

第七卷

童真记趣（四首）
论嫁问答
——读张洁散文《拣麦穗》戏改儿歌

临嫁姑姑逗小娃，问娃长大嫁谁家。
"卖糖老汉有糖吃，明日送儿嫁给他。"

阁楼探秘

爬上蜗楼四尺童，翻箱倒箧破尘封。
有缘识得前生友，韩柳欧苏千载逢。

稻草人

山田岑寂荡黄云，野雀叽喳怨语频：
"巨耐畦头人一个，手提风扇似傩（音挪）神！"

邻　家

不见主人何处耕，猫弹狗跳戏门庭。
蓦然篱畔鸡鸣警，飘过晴空一叶鹰。

自 勉

起跑线上我初生,毕生长跑马拉松。
百年已过三之二,犹剩一分把刺冲。

2005年立春

半轮迟日隐云端,炮仗豪门拍手欢。
迟日不消阶下雪,小民剩有炕头寒。

戏问春疾

乍寒忽热太跷蹊,令我晨昏三换衣。
祖上秘方今赠你,专医疟疾莫迟疑。

游仙梦

收一囊云吹作马,裁千株草点为裳。
遨游缥缈虚空外,诀别是非名利乡。

禅 机

老去生机等木枯,新来诗思如泉喷。
个中甘苦自家参,参透两仪矛与盾。

山区贫困小学生捐资助人

手捧零钞一颗心,风寒衣抖似悬鹑。
本当见爱翻捐爱,教我从头学做人。

愁

无复晨呼小放牛,春风不绿旧田畴。
翁头白了东流黑,两种容颜一例愁。

盛夏衡山小隐

逃离火宅访清秋,烦恼贪嗔一笔勾。
诗探囊中新韵得,伴寻方外老僧游。
殷勤泉语传山意,弥漫月光沁夜幽。
忽念非洲长苦热,怎禁五内又生愁!

1961年春自题小照

卸却戎装骋笔锋,书生意气似蛟龙。
借他千里潇湘水,写尽人间春色浓。

笔恋(四首)

其一

与卿相见始垂髫,小小无猜两订交。
笺上扶卿初试手,卿依我手把红描。

其二

父母得吾唯独子,书生得尔便成双。
尔心与我心相印,陪我春秋上学堂。

其三

弃文习武在长沙,别了学堂别了家。

怜尔多情难别尔，死生伴我走天涯。

其四
生吾者母知吾尔，吾有锦心尔代言。
他日玉京应取士，携卿赴试大罗天。

解嘲（三首）

其一
少小耽诗性澹然，惹来批判利名关。
利收蝇尾锱铢外，名列孙山伯仲间。

其二
由来文海风波恶，误做潮头冲浪人。
应谢皇恩封黑鬼，三更不怕鬼敲门。

其三
自诩三生坟典蠹，门门学问充吾腹。
唯有一门未入门：科级处级是何物？

神农架野人之谜戏解
饕鼠吞邦虎吃民，东方伊甸断无闻。
娲娘团你一丸土，气顺心舒活到今。

戏 怒
昔汝冲吾冠上天，斫吾肝肺破丹田。

一从服了安神剂，怜汝乖乖伴我眠。

应 变

路逢急雨莫心慌，万事从容一主张。
雨去我行来我避，我跟急雨耍迷藏。

文革中下放插队

晓风吹散漫天霞，奉命学耕两鬓花。
满面阴霾吹不散，今宵何处是吾家？

公社散会之夜

会散中宵何处归？羊肠古道没山隈。
翻山越坳谁堪侣？明月提灯送我回。

难割舍

回首退休十二年，年年身退欲休难。
若教舍却连心笔，待岳成渊海作田。

漫兴（三首）

其一

下海攀云竭智谋，登山临水惬吟游。
西行白日东流水，各各朝前不掉头。

其二

身非折桂云头立，诗有知音天下传。

得失本来孪姊妹，人生各自一因缘。

其三
夜半醒来搜妙想，午间睡到日西斜。
怎般作怪成颠倒，除却诗精更没他。

西四蜗居赞
分得西窗一片天，人皆不乐我犹甜。
晨迎残月添幽趣，夕纳斜阳挂锦毡。

年入古稀继承房产
自分今生难润屋，早甘陋室理残书。
蓦然撞入银广厦，不似身居似梦居。

思故居
半间书屋一书迷，鱼水投缘悔别离。
他日有钱还赎你，相思毕竟世无医。

退休生涯
开门七事桩桩了，晌午人闲静悄悄。
才拟支颐把梦寻，无端又被诗魔恼。

独 坐
市声初杳零时矣，灯火渐稀风渐起。
月镀纱窗银一方，神游故国人千里。

水 台

电剑雷锤劈夜开，风咆雨啸破窗来。
欺人无位亦无党，淹我阳台作水台。

自费出书

烂漫夭桃喷锦云，纷纷仕女竞寻春。
西山枫老霜寒日，解赏秋红有几人？

买菜吟

烟霞泉石梅兰竹，柴米油盐酱醋茶。
雅俗杂交成世界，胡麻煮饭是仙家。

修 仙

烦恼千般抛脑后，浮生难得百年寿。
南园觅句踏莎行，电视开心脱口秀。

酬知音

解读吾诗你擅场，逢人背诵两三章。
感君不薄今时作，未必佳篇尽姓唐！

遗 嘱

作文作到六十岁，红榜题名把身退。
退休之后再退休，送我须开欢送会。

白发骄

春阳解冻万山青，残雪今朝一扫空。
何不扫吾头上雪？只缘吾首是珠峰。

不伏老

得意余生飞翰墨，不求出世觅金丹。
童心一粒还童药，七十只如十七年。

窗外玉兰花

日晚抛书暂启窗，浅风沫我玉兰香。
人生快意花风浴，何用桑拿洗澡堂！

休闲戏语

茶宜小院花前品，诗待子时月下成。
分付挂钟颠倒走，今生今日启回程。

无 寐

冷月窥窗乌夜啼，披衣独步小楼西。
失眠安用安眠药？诗思今宵绕九嶷。

百年回首

十个诗人九个穷，痴儿昔我爱雕虫。
文章莫是仙家酒？一醉百年长不醒。

庄子曰

恰遇鸱叼腐鼠归,未尝偷眼鹓雏飞。
奈何鸱吓无心者?笑杀湘潭老布衣。

对 镜

一轮满月雪光融,不见嫦娥见晦翁。
命里无缘休折桂,游仙空到广寒宫。

七十自述

为文五十年,秃笔劳车载。
成果只四言,古今加中外。

观电视报道有感

非亚饥民肠辘辘,富豪宠物乐融融。
果真六道轮回否?我祝人人变畜生!

观电视《法治在线》

媒体频传作案频,五星宾馆夜杀人。
倩谁广授壶公法?跳入葫芦全此身。

报载某知名企业主点歌

明星卖唱声声媚,大腕施财笔笔狂。
支票一开三百万,平民千户十年粮。

当评委编委有感

玩月楼头先得月,赏花栏畔好采花。
可怜陋巷才高士,花月何年到你家?①

减　肥

再世女儿杨太真,此生又入道家门。
勤修辟谷因何事?不为成仙为美身。

卖　瘦

诗魔老病共相侵,损却精神瘦却身。
不道瘦翻成妙药,千金卖与减肥人。

离休干部退休命

四十年前填履历,四十年后悔从前。
阴错阳差少一日,人离尔退奈何天!
光荣史绩成遗憾,清水生涯度晚年。
不似中秋一日后,月光更比日前圆。②

贺某退休老教授乔迁新居

酸甜苦辣画楼中,四室一厅一病翁。

---

① 转型期社会有两大支柱,一曰权杖,一曰通货。二者有其一,奖亦随之;且奖级之高下,与权杖之大小、通货之多寡,每成正比。余忝列评委十年而四获铜奖(第四次例外)。因念身非评委、贡献超伦,而一奖未获者,又岂在少数哉?嗟呼!愿后世君子,幸勿以奖取前人也。

② 我所刘样,1949年9月30日投身革命,而在履历表中写作10月1日者,盖以新中国之成立为荣也。四十年后,遂与离休失之交臂。反之,确系1949年10月以后参加,凭伪证称参加于10月1日以前,因而贪得离休者,又岂在少数哉?

休怨今生时运晚，几多犹自盼来生。

奈　何

小的枉诵大雄箴，难济嗷嗷天下贫。
社会报酬分配率，万分之几属诗人？

眼　力

李逵画像他称鬼，李鬼写真他道逵。
鬼逵调包全不辨，唯闻鬼笑画廊飞。

和白居易赠谈客

雅士论诗春烂漫，知交话旧梦缠绵。
请君休侃升官术，寒舍微名环保轩。

致某公

先生不识野山葩，溢彩飘香百姓家。
黑客盗来栽上苑，宁知原是马兰花？[①]

观电视报道杀子弑母有感

一籽入泥捐己身，育成亿万子和孙。
有情不及无情物，谁见黍禾亲灭亲？

---

① 余投稿一生，遭剽数四。其大者，20世纪60年代初，以《毛主席诗词的典故运用》稿寄某双月刊。同年该刊第5期刊出毛诗论文一篇，分三大块，第三块即拙稿所述之内容，且词句亦大体相同。余当即上书主管该刊之何某，以人微言轻，无果而终。老友夏五曰："不遭人忌是庸才。"推而广之，则不遭人剽是庸才，不亦真理乎？诚如是，愿天下遭剽如仆者，稍自慰焉。

出行遇雨

街逢骤雨避无门,狼狈何堪湿透魂!
记得农家春旱苦,心中犹祷雨倾盆。

旅途抒怀

家住非非非想天,天公放我下烟寰。
红尘阅尽生乡思,黄鹤几时接我还?

股海惊涛

风拔银山撞九天,张郎煮海水生烟。
何妨赶海惊魂客,试学神舟浪里闲?

屈原再世赋离骚

同府同僚不认同,万般挤陷不相容。
只缘拒纳黄金屋,如也空空两袖风。①

失物招领
——有感于食品安全堪忧

启者老夫今拾得,活蹦乱跳一良心。
速宜失主来亲领,丧此诚知难做人。

伪 药

漫道高薪可养廉,奈何欲壑硬难填!

---

① 媒体报道:某医生拒纳红包及药厂贿赂,被排挤出所在之医院。

几多坐享千钟禄，犹克工农血汗钱！

一种国赛

辞书盈尺实堪嗟，竭智穷年死背它。
灌出万千活字典，何如半个发明家！

忆：十年一觉抄家梦

一

破庙龙王遭大水，老兵家被小兵抄。
剖地椎楼搜刮尽，残喘空延命半条。

二

我身有影遭调包，黑影抄兵身后飘。
纵入尖尖蜗角躲，躲得狂雷难躲抄。①

重阳节岳麓登高

黄花簪帽老来疯，此节于今属媪翁。
镇日耽吟归欲晚，夕阳红树一川明。②

原韵和唐寅《言志》三首

其一

修禅误堕野狐禅，吃饭穿衣靠砚田。

---

① 十年"文化大革命"，因文获罪者众。余四迁家而四见抄，隔墙有耳，穿窗有目。余则豁门以对，赤膊而卧，无私不显，凡隐皆彰，以谢天下。

② 余押韵以现代汉语音韵为准则，故一东八庚通押。若必欲依平水韵，则此诗末句可作"夕阳霜叶一川红"，第不及原句之意象丰赡。读众不妨各取所好。

深夜扪心心自在，兜无半个黑心钱。

其二
寻诗一似苦参禅，又似老牛翻板田。
乐在个中人未解，平生润笔不须钱。

其三
灵感来时似悟禅，烟生日暖玉蓝田。
黄金万两休开口，老子歌诗不卖钱！

骊山老母答美容专家
——有函售"大师"、"杰出艺术家"、"终身成就奖"者，报价不菲。
欲赚老娘脂粉钱，媚言立变鬼成仙。
不知我本仙中姬，弃绝铅华已万年。

84岁恭迎母亲节
遥祝阿娘畅玉怀，愿娘鸾驾下天台。
还乡重聚圆儿梦，衣彩娱亲效老莱。

思乡曲
年少从军别故乡，寻真许国气飞扬。
春蚕改食春兰叶，吐尽香丝魂袅香。

仙　经
——观 CCTV"长寿密码"节目

（一）

你我百年一瞬中，斤斤何苦计穷通！
寻常惬意偷着乐，机遇临门未必冲。

（二）

书城太守无庸守，笔杆将军不领军。
非分有头休强出，洞天福地一真人。

乔迁听风楼[①]

升上重楼立紫穹，飙风驰骋任西东。
弥天管乐齐欢奏，不似当年极左风。

书生生涯

鱼在釜中烹，诗展千般媚。
美诗如美酒，忘却釜中味。
鱼香渐转焦，诗香已入肺。
纵使食无鱼，痛饮诗浓醉。

归　宿

见说争相买墓地，百年之后安家计。
我营一窟人不知，读者心窝把身寄。

---

① 2014年7月17日，迁入望城区银星路康乃馨老年生活城。是夜，猛雨欲来，飙风大作，遂有此什。

凡人墓志铭

本从黄土来,还归黄土住。

万物育吾身,吾身蕃万物。

八秩有五抒怀

弱冠输心读马翁,未谙附骥逐登龙。

霜风一自兴江左①,春景千般付梦中。

世网罗人常扰扰,书生忧国本空空。

他年彼岸应翘首,然否吾球入大同?

大奖得主

财神几度奖金颁,小补家常柴米盐。

不意阎罗行大赏,着我报到晚十年。

梦 昔

梦里重回半世前,姑娘小伙大联欢。

向来不问还童术,一夜年轻五十年。

解嘲(二首)

文本之一

三秋伏案喜书成,出版筹资白发增。

炒股背时亏老本,折腰何处觅新朋?

儒冠摇笔终身误,纨绔挥金万斛轻。

---

① 江左:一曰江青,二曰上海。古人坐中原以观天下,称长江以东曰江左。

佛祖果然教再世，晨昏常礼孔方兄。

文本之二

三秋伏案成书喜，出版筹资白发新。
炒股背时丢血本，折腰何处觅财神？
儒冠潦倒一瓢饮，纨绔风流万斛金。
佛祖果然教再世，买通玉帝做和珅。

白日梦

朝浮北海鹏连袂，暮枕昆山凤与俦。
世路崎岖谁管得！不沾烟火不知愁。

哀伊拉克

古国天然富石油，惹来战祸几时休？
应知日夕双河咽，总是平民血泪流。

伊拉克童戏

瓦砾场兼游戏场，追欢逐乐小儿郎。
可怜未晓真欢乐，炸弹声中扮死亡。

印度洋大海啸反思

宜将定海神针立，休放潘多拉盒开。
但使五洲齐挽手，何愁人祸与天灾！

过 招
——有感于报刊宗派主义论战

捧我成交逆我摧,袖中暗器紧相随。
花拳绣腿难赢你,我的地盘我怕谁!

除夕惊心夜

入夜华灯亮九霄,家家窗口菜香飘。
寒风依约传雷暴,凄厉声声"抢菜刀!"

除夕伤心夜

欢乐今宵溢九州,有人飞下接天楼。
东风善解丁香结,不解愁民百结愁。

街头一瞥

赌客城中驰宝马,酒楼门外伏哀鸿。
愿天赐我青光眼,怕见人间大不平。

丐 奴

一伙离奇"小学生",衣衫褴褛募捐行。
肩披绶带长拖地,手捧钱箱高接城。
若不路人多献爱,定难归穴免遭刑。
可怜父母心尖肉,沦入泥犁十八层。

背 景

公开招考公务员,都道阳光施政贤。

借问有缘登榜者,几人父母不居官?①

中国特色恐怖主义(2005年)

煤矿瓦斯炸,巷道血飘杵。
元凶竟是谁?公仆兼矿主。②

走进地雷阵(2005年)

提篮入菜市,提心上喉咙。
绕开孔雀绿,踏响苏丹红。

弱势群体盼致富

——仿古情歌《妾薄命》

君住东山东,妾住西水西。
山水东西千万里,何日是佳期?③

---

① 新时期以来,国人之择业观念,迭经三变。初以高等院校、科研院所为优先,一变而以外资企业为优先,再变而以公务员以及享受公务员待遇之中小学教师为优先。是故当今之报考公务员者,动辄万计。众多在读硕士生、博士生连考数届,终不得其门而入者,司空见惯也。今有我所传达者肖某告余曰:"其女儿之同学某,中专文化,效力于某酒店,亦报考公务员,竟一蹴而就,人皆叹为神童。"后肖某复告余曰:"其父,纪委书记也。"语曰:"上有政策,下有对策。"信不诬也。

② 2005年10月,中国监察部公布:公务员投资小煤矿者,多达2000余名。2006年2月,中央电视台披露:全国投资小煤矿之公务员达4800余名,资金5亿多元。凡违规生产导致瓦斯爆炸者,多属此类煤矿。国家安监总局局长李毅中,拍案怒斥对待中央政策阳奉阴违之地方官吏:上有政策,下有对策!

③ 2006年2月8日,中央电视台央视论坛讨论"城市居民收入差距扩大问题"。据出席论坛之社会学家透露:20%城市居民,仅获得城市总分配成果之2.7%。进城务工农民之月收入,平均每年仅增长10元,与湖南省退休干部职工月收入每年增加10元相同。若此群体平均月收入1000元,则10元相当于其月收入之1%。全国物价上涨率每年保持在4%上下,故此群体之月收入以每年负增长3%递减。

呼唤除贪抗菌素

痛我沉疴老母亲，儿孙欲救恨无门。
膏肓二竖须根治，新药迟迟何日闻？①

行路难

四圣求经西去路，山妖水怪无穷数。
人生若使似求经，看取前行每一步。

精 简

昨日精英今冗员，一刀砍掉出机关。
多留裙带君休诧，夫贵妻荣自古然。

欠经（2007）

——闻恶意拖欠农民工工资四企业遭罚出京

社会主义本姓公，公家做主是工农。
欠神欠鬼凭君欠，谁敢欠我主人翁！②

双重荒谬

——追记反右笑话

当年领导为何愁？右派指标把心揪。
东觅西寻都不见，未知谁是冤大头。
岂料有人交申请，立功机遇不能丢！
主动请缨当右派，献我积极分党忧。

---

① 2006年9月22日《人民日报》报道：5千余名国家干部已从煤矿撤资7亿余元，然官商勾结、权钱交易依旧十分严重。又据2006年9月24日中央电视台《对话》专栏统计，自2002年至2005年，全国经济犯罪案件逐年递增。
② 世有佛经、道经、圣经、古兰经，安得无欠经乎？

第八卷

返祖现象

曾经封建和资本，社会主义正娇娆。
未识洪荒奴隶制，试看时下黑砖窑。①

街头小识

偶过书摊眼乍惊，奇招异术竞相迎。
千回开卷才俩字，页页行行利与名。

某公学先进

中央号召当廉吏，此佬欣欣双举臂。
夫妇同将对策谋，自家先进人民币。②

挽　歌

主编主委主风骚，美刺吟坛大拇翘。

---

① 2007年6月，中央电视台报道：山西黑砖窑数千家，诱骗农民（含部分未成年人）数万名，剥夺其人身自由，强迫劳动，无报酬，有反抗而遭殴打致死者。中央获悉之后，已派联合工作组查处云云。
② 据2005年初夏长沙民间笑话作。

重利当头忘美刺,灵魂轻换半箱钞。①②

贪夫之夜

昨进美金过百万,今收珍宝价连城。
无端临寝眼皮跳,一夜惊魂睁到明。

核　桃

三百年后瑶池会,蟠桃死尽核桃酬。
干巴秃脑无生气,三百年前是地球。③

匡庐壮观

谁共孤娥作比邻？谁偕五老步青云？
参天古木三千顷,夷作官家别墅群。④

登名山

一盘一盘又一盘,千盘盘上碧云天。
天门耸起穿天墓,玉帝开门不敢言。⑤

---

①　陈毅曰:"莫伸手,伸手必被捉。"臧克家说:"有的人活着,已经死了。有的人死了,他还活着。"人间重晚晴,否则必招汹汹物议。君子立身,得不慎欤！

②　据云:在老虎苍蝇一起打之反腐潮声中,当事人已幡然悔悟,于2016年将十四年前（2002年）之不当所得,全部捐出。

③　2007年2月2日,央视"国际时讯"报道:全球变暖,冰山消融,海平面升高,众多岛国,危在旦夕。

④　据2004年媒体报道:自2002年至2004年,世界自然与文化遗产双保区庐山之莲花洞,伐木夷山,新建人民公仆别墅60幢,皇皇壮观也。高薪果养廉乎？又据中央电视台2005年5月报道:中央已对涉案人员查处,并责令将新建别墅全部拆除云云。

⑤　传媒报道:自2002年以来,某世界自然保护区伐木夷山,新建巨无霸豪华私墓一幢,当地官员称"管不了"云云。

哥德巴赫猜想

权巴钱来钱结权,谁巴结谁一怪圈。
解得蛋鸡先与后,怪圈立解世无难。

流行语病(二首)

万能连词

递进非然后,转折非然后。
直到然后时,然后再然后。①

"那"癖

那侬讲话"那"我有,那你说"那"休当首。
那若打头不用"那",那侬无那②难开口。

某专家查资料

欲查资料何惧远,飞赴国家图书馆。
方志翻开吃一惊,天书难读没标点。

优惠价

笼系肥羊美食陈,笼门大启迓君临。
兽王扑向肥羊去,踏中机关关上门。

阔佬

飞车毛贼不时闻,日抢男婴夜抢金。

---

① 然后,荧屏流行词,自台传入,发言人有多至一句一"然后"者。
② 无那,双关语,一曰无"那",一曰无奈。

老汉长街长露富,看谁抢我满头银!

阿Q买头衔

诗坛万乘词坛后,骚苑尊神赋苑仙。
皇帝新衣过闹市,国人笑痛肚肠看。

包 装

东市有家印刷间,生辉名片展奇观。
方惊太守皆博士,更叹知州博导衔。①

街头疯歌手

声如鸣玉字如珠,黑假贿贪视若无。
见说糊涂最难得,问君何幸得糊涂?

广告:既过酒瘾又补身体

昨与刘伶酒店逢,酒仙教我学长生。
生来三万六千醉,一醉千年方一醒。

鹊 噪

鹊绕高枝五十声,乍文还白诘聱鸣。
不才偏擅登龙术,厚颊方罗拍马精。

---

① 据某不愿透露姓名之组织科长称:当今不少领导干部组织写作班子,代为捉刀,撰写博士论文。官场"博士"之多,几如过江之鲫矣。

诗 评

一词一句一敷陈，和尚念经人欲昏。
记得塾师开串讲，也曾名满三家村！

所谓著名

作者写歌要出名，近乎套向紫歌星。
纵然沾得些些臭[①]，吐属依前未必清。

棕熊失眠叹

昔日冬寒入黑甜，今来冬暖好心烦！
人间废气何时少？雪被冰床自在眠。

王公子宵猎行

长安月白风清夜，忽闻隆隆走车队。
前呼后拥出都门，惊起满城人不寐。
借问新贵谁家郎？人称花花太岁王。
左牵黄，右肩枪，首长行猎下为忙。
卫士天生合撵兔，敢辞辛苦攀云路？
射兔一夫喜若狂，撵兔千人跑断肠。
宵猎归来何所有？法国牡蛎茅台酒。
座上衣冠皆楚楚，阿狗阿猫外滩友。
为当千岁拥女皇，且拉猫狗结成帮。
万金一掷慨而慷，寻欢买醉管他娘！
纨绔小儿汝莫喜，十月风雷平地起，

[①] 臭（xiù），气味。例如"乳臭未干"。

南柯梦断空如洗。

作于1976年冬,刺王洪文也。

古怪歌(二首)

烟

烟价上千元,买烟不吸烟。
要知谁个吸,你去问青天。

酒

手提一对酒,价值九百九。
借问走谁家?诡笑三缄口。

弄虚作假奖

绿茵场上演假摔,指望赏金入账来。
赏你一方黄灿灿,管教梦里变金牌。

和王翼奇《梦中登岳阳楼》并步原韵

梦里登楼何所闻?涛声应似哭声吞。
劝君莫问忧和乐,古训今时值几文?[①]

和肖军《一句诗》(二首)

虚 荣

光鲜肥皂泡,绚丽雨余虹。

[①] 王诗云:"巴陵胜状昔年闻,云梦潇湘此吐吞。也拟登楼问忧乐,不知谁是范希文。"(载2005年第11期《中华诗词》)

碧海蜃楼美，黄粱好梦浓。①

后　门
有门开设在人境，神不觉来鬼不知。
万能钥匙叹无用，开门只用金钥匙。②

世　态
芍药繁英朱紫时，蜂歌蝶舞未曾离。
可怜花谢香消日，蜂蝶殷勤绕别枝。

活化石
张家小姐李家郎，拥抱街心一吻长。
车阵人潮惊不醒，痴情化石立斜阳。

川剧特技
莲脸皤头极乐窝，同居几日笑呵呵。
翁财过户一朝尽，莲脸翻成鬼脸婆。

斥地方保护主义
真唐僧遇假唐僧，真假从来说不清。
打假摇身变假打，假包公打真包公。

---

① 肖诗："虚荣往往是比出来的。"
② 肖诗："不用钥匙能打开的门。"

敲门砖
——有闻于一次高级职称评议会

集体编书好算盘！十名作者十主编。
买个书号印百本，印出一级二十贤。

所　见

旷代时髦醉古城，假洋鬼妹正流行。
黑头发染金头发，无奈双眸碧不成。

软黄金披肩

雪域精灵天际飘，祸从人降势难逃。
肩头贵妇一方艳，枪口亡魂几百条。

猫之歌

怒唱豪吟惊宇宙，歌台火爆求婚秀。
只缘妹妹出来难，一次让哥爱个够！

草木皆兵？
——读今日流沙河

一声一韵辛酸泪，千古千金肺腑文。
姑谢当年摇棍子，打成天府苦诗人。

嘲染发

毕生炼就一峰银，底事翻然慕绿云？
欲觅还童驱老药，除非五岳化纤尘。

美之诱惑

蛇口吹开罂粟花,整容魔术钓娇娃。
金丝千缕织皮下,天价琢成美杜莎。

梦断红楼并序（二首）[①]

其一

绮筵散罢拥娇娥,苏骨销魂尽入魔。
闻道诸君曾信誓,为民为党执干戈。

其二

有权不卖过期废,日进斗金宿梦圆。
合是鲸吞饕餮客,贪泉吸尽吸黄泉。

某单位一绝

夫当领导妇陪臣,开会上班连理身。
她叫老公一把手,人称她第一夫人。

某学校图书馆一瞥

书刊不共岁时新,书款都挪作奖金。
孰道书生皆傻帽?教书人变吃书人。

进城苦

促销广告乱眼前,十字街头招架难。

---

① 厦门远华特大走私案主犯赖某,营构红楼一幢,张宴藏娇,令大批高官,堕其彀中。自是赖某走私,畅行无阻于东南。

奉劝小民须记取，进城先啖摇头丸。

花鸟使①（追记文革旧闻）

猎得街头艳，心安复不安。
安知副统帅，喜欢不喜欢？

捐献器官声明

一副皮囊成朽木，两排利齿似金刚。
匹夫死去无长物，但愿捐牙刺鼠狼。

恐假症

误进假钞三五张，误交婚托假情郎。
回家待告外婆去，又恐外婆本是狼。

劝楼市炒家

大兴广宇庇吾民，莫把炒楼当吸金。
楼市有朝穿泡泡，炒楼人作跳楼人。

老总打牌总爱输

昨夜陪人去打牌，输牌妙计巧安排。
横财力破三百万，今日标书批下来。

---

① 白居易《上阳人》自注云：天宝末，有密采艳色者，号花鸟使。

官　箴

做官为发财，劝君切莫来！
官财双到手，一命进棺材。①

黑　哨

金杯璀璨卖阿谁？幕后成交倒错吹。
吹出包天肥皂泡，吹成盖世大牛皮。

黑心棉被自述

竭诚迎客进商场，靓丽轻柔温软香。
早是暗箱操作了，谁人知我黑心肠！

时　尚

闹剧三花正吃香，纷纷搞笑竞登场。
荧屏文化低俗化，宗教不亡艺术亡。

天衣真假都无缝并序②

叹世间无孙悟空，凭谁借火眼金睛？
天衣真假都无缝，便是爹妈也克隆。

---

① 电视报道某贪官口头禅："做官不发财，请我也不来。"
② 据媒体报道：全国有名牌几何，便有冒牌几何。冒牌者使用高科技制假，虽技术人员亦难辨其真假。

捞 家①

四面串联拉选票，一生奔走拜宗翁。
马蹄得意今春疾，牛耳有缘指日通。

歌迷会取消之后

举国风魔一颗星，未曾如愿睹芳容。
湘江昨夜春潮涨，千万歌迷泪雨倾。②

大钓并序

异想天开天果开！请君登陆钓鱼台。
阳邀俊彦来垂钓，阴教痴鱼上钓来。③

小 钓

万人惊中状元郎，金匾题名钓铒香。
购匾鱼儿来上钓，财源滚向镜花商。

权 威

头上灵光身上彩，腹中稻草脑中泥。
香烟缭绕成仙境，信众迷离把首低。

---

① 某群众团体代表大会选举毕，某代表喜不自禁曰："我想要捞的，都捞到了。"一时物议纷纭。

② 传媒报道，新加坡歌星孙燕姿赴长沙召开歌友见面会。歌迷们纷至沓来，会场秩序大乱，见面会被迫取消。

③ 渐近新正，飞来金柬，诚邀野老，北上京城：参加钓鱼台国宾馆全国名流大会。受宠若惊之余，大梦初醒之际，敬悉虚荣三日，仅需花费万元。

我佛如是说

释氏慈悲戒杀生，杀生最是法轮功。
自焚若果升天去，日出西边月落东。

"名狗"论

妙人白主持，妙语应不朽：
牵狗上荧屏，立地成名狗。

双九孟夏岳麓书院纪事

文化批零买卖人，狗皮膏药换纹银。
传媒炒作头加冕，自我包装脸贴金。

2003仲夏读报记

苦旅淘金安曰苦？荧屏作秀更风流。
绣衣偏被风撩起：一百二十六处羞。

新　贵

朝夕同窗卅载前，花时共赏百花妍。
赏花今日缺一个：高踞青云不可攀。

某　公

黑道亨通白道宽，礼神拜佛乞平安。
杨枝净水观音赐，不洗灵魂但洗钱。

童 话

魔君修炼在深堂,毒液偷排出暗房。
流入五湖分九派,条条都是"黑龙江"。

真心话里藏猫腻

养牛不喝自家奶,吃肉不宰自家猪。
"打死我来也不吃,自家生产自家知。"

巨贪成克杰

——读《文摘报》载《伪利他比精利己更可怕》

此官谁信虎狼贪!每诉中心百虑煎。
道是贫民七百万,身为省长寝难安。

猫 腻

无盐转世出豪门,选美轻松夺冠军。
飞燕玉环纷落马,个中腻味耐人寻。

某国家级自然保护区公款消费定点店谈话录

食客白店主

昨闻和尚指迷津:我本猕猴转此身。
前世有人将我吃,今生我要吃猴心。

猕猴白食客

前生到此我吃你,今世你来要吃侬。
咱俩他生再换位,二人转吃到无穷。

娱乐圈打虎行

弱者果然多绮裙！试看猛虎吃娇贞。
攫权夺色羊皮虎，昔日国王今使君。①

槐安梦

陌上春烟枝上香，水中倩影月中光。
多少迷魂醉朱紫，黄粱未熟锁银铛。

房价飙升之谜

新科卖地兴千利，地价冲天火箭夸。
政绩工程封顶日，再升三级是乌纱。

精装废品

玉嵌金镶人物编，吹竽只要技如南。
圈钱又出新招数，名校名流领个衔。

托儿功德

忍割千金把药求，桃源堪觅待仙舟。
灵丹渐服人渐萎，长误街头被忽悠。

新买羊毛衫

人道此衫不姓羊，越瞧越像犬模样。

---

① 莎剧《王子复仇记》中著名台词："弱者，你的名字是女人。""昔日国王"：王子之叔，弑王兄夺王嫂而自立为王。时下每见有女子落入虎口者，有论者赋诗，不责虎而刺虎口之食，"女人祸水"论之现代版也。

居然科技创奇招：羊毛出在狗身上。

某公在亚投行成立之交

西厢故旧纷称不，东首跟班也变心。
乱落飞红春去也，只缘利已还害人。

拉郎配咏时事

媒婆拼凑黑三角，撮合金姑嫁太郎。
半就半推拜天地，各寻各梦进新房。

网络监察部"诗词中国"应征诗

"房叔"捂房终露馅，"表哥"炫表速穿帮。
恢恢天网千千眼，看你妖狐哪里藏！！！[①]

原韵戏和张籍《使行望悟真》

久慕欧岚美月幽，心猿难守办公楼。
出洋"考察"全官费，洋水洋山可意游。[②]

无 题

浓艳西昆酬唱声，浪弹锦瑟效多情。
东邻女本无情思，两点愁眉画不成。

[①] 广东某贪官捂房数十套，遭网民曝光，戏呼曰"房叔"；陕西某贪官日换一世界名表，遭网民揭发，戏呼曰"表哥"。

[②] 不成文法：副处以上，官费出国"考察"一次。附张籍原作：采玉峰连佛寺幽，高高斜对驿门楼。无端来去骑官马，寸步教身不得游。

游　方

名都古镇觅诗踪，四字斗方赠一通。
出手谢仪须大气，采风新训打秋风。

诗神论诗

伟论煌煌烁古今：诗词格律铸黄金。
诗金五九归李社，不在铿锵在意深。

客　至

大隐星城二十春，寻常难得叩门人。
开窗且揽风和月，几度迎来梁上君。

和平卫士

倡言"无核"顶呱呱，世界和平奖属他。
核弹万千亚临界，谁家"无赖"炸谁家。①

孟子见梁惠王

孟　问

昨日掀翻阿拉伯，今天搅乱太平洋。
欧洲再放烧天火，仁义何时亲大王？

梁　答

一筐仁义几毛钱？再霸寰球且百年。

---

① 核弹亚临界试验，即试验库存已久之核弹是否仍具有一触即爆之性能，以备随时投入核打击。

血泪成河方利我，苍生有恨骂苍天。

希腊今昔

古国奥神迎外宾，狂潮万派撼乾坤。
从前潇洒皆游客，今日凄惶只难民。

第九卷

岳阳楼凭栏
栏外洞庭莹似玉,君山郁郁何人竖?
女娲上古补天时,失落湖心祖母绿。

岳阳端午
彩旗猎猎岳阳楼,鼓乐飘飘古渡头。
何事轿车如鹜至?家家争看赛龙舟。

洞庭新月
微茫星汉泛银流,万丈丝纶放玉钩。
或恐牛郎收牧罢,兴来独钓楚天秋?

天柱峰
身沐衡山百里幽,西方佛法更何求!
须弥一柱云中立,三十三天在上头。

衡岳观霞
错紫镶红云锦张,天孙织就嫁衣裳。

即今遣嫁牵牛去,两岸相思化一堂。

祝融峰放眼

环顾群山接渺冥,群山顾我眼飞青。
何年学得分身术?七十二峰一日登。

岳麓山鸟瞰

路作棋盘车涌潮,满城楼阁入云霄。
橘洲破浪春江上,巨舰远航初起锚。

麓山晚唱

乘兴晚登爱晚亭,秋光秋色透山明。
东君不遣飞霞落,留与枫林相伴红。

橘子洲头

云淡鹰旋爽爽风,半江澄碧落苍穹。
阳乌尽日吐金焰,炼出秋林万点红。

1984年秋游张家界并序(三首)[①]

张家界断想

倒数光阴百亿年,武陵比宝会群仙。
青峰千柱参差立,王母纷投碧玉簪。

[①] 时维九月,地属三湘,中华艺术研究规划会议,幕启于前;全国戏曲志编纂会议,蝉联于后。两会代表,西访青岩;我所同仁,叨陪末座。追兰亭之盛事,岂曰无诗;效永州之雅游,爰有是作。

夫妻岩

岩外遥闻奏五音，风笙水笛下天门。
新开庆典群峰贺，万古仙俦钻石婚。

登黄狮寨望天桥

深山闻笑语，云海托天桥。
谁解人间乐？嫦娥下碧霄。

重庆南北温泉猜想

底事溶溶四季温？尘寰此境料非真。
天河水涨天堤裂，泄下山城两股春。

登青城山

万丈层峦入紫冥，一层一上一疑生。
人间福地知多少？但见烟霞处处蒸。

月下忆青城山

幽幽一座碧琉璃，半日登攀千日迷。
今夜寻诗何处是？心随明月落川西。

晨出夔门

急浪流霞赤，江风扑面寒。
飞舟快于箭，一射穿万山。

夜过三峡（三首）

其一

千里胡同曲曲弯，往来只见顶头天。
莫非船在山中转，不是江穿十万山？

其二

云端飞下一楼船，四面晚山节节拦。
冲破苍茫出巴蜀，迎来神女笑颜看。

其三

兜头泼下半江水，迎面飞来万匹山。
倚枕诗成灯影里，晨曦一缕报平安。

船过神女峰

远眺巫山抹淡云，女神羞涩隐丰神。
面纱未敢轻撩起，只恐美惊天下人。

2002年初夏游小三峡（二首）

其一

谁酿阴阴五月寒？峥嵘两岸几何山？
舟裁蜀锦千层绿，头仰巴天一线蓝。

其二

沙滩飞越石滩迎，百里云涛势若崩。
宜放孤舟三五夜，卧铺明月听滩声。

2002年5月携战友数十重游三峡

高峡平湖毛氏语，只今浮现叹神工。
移民队里阳台女，迁到巫山第几重？

神女新赋（二首）

其一

三峡公司办旅游，遴才选秀到瀛洲。
群芳竞聘有神女，世界小姐逊一筹。

其二

海外嘉宾星外客，观湖倩你荡兰舟。
巫峰十二寻幽胜，云漫迷宫你导游。

神女作秀赋

拈将柳线一千条，穿起露珠十万斗。
珠络垂胸神女来，T形台上婀娜扭。

夜　访

船入夔门数十峰，最高峰上布繁星。
方欣发现新星座，人道伊名白帝城。

九寨沟赞

漫道当空架彩霓，千溪百海水光奇。
红蓝黄绿青橙紫，魔幻现实主义诗。

73岁神游九寨沟（二首）

其一

眸注溪光两滴青，与猴为友鸟为盟。
他年便患痴呆症，不忘重来续旧情。

其二

神想燃犀透海瞧，水晶宫碧绝尘嚣。
龙王倘许为龙仆，不慕人间大富豪。

西湖情结

作别杭州十载余，他山他水意难舒。
三千六百五十梦，梦里流连总一湖。

西湖秋月

无边银梦水天凉，月照平湖镜一方。
遥想月仙初睡起，凌空对镜试秋装。

西湖弄舟

轻摇双桨寻幽趣，欲共湖山朝夕住。
四面波光与柳丝，多情洒我一身绿。

春归西湖

湖似花环花似云，蝶蜂酿就十分春。
却疑四海春归去，都到西湖拜母亲。

杭州灵隐寺书怀

宝殿烟萦百丈金，众生罗拜谒禅门。
参禅岂用参身外？月在寒空佛在心。

江南春

春是吴侬十四娃，天然妩媚玉无瑕。
花浮酒靥枝头笑，水转眼波溪上哗。

瘦西湖泛舟

人道西湖杨玉环，你是湖中赵飞燕。
柳腰一束舞婀娜，击节欸乃声声慢。

桂林山水

山点千螺黛，水飘一带蓝。
岸行山绕水，舟荡水环山。

漓江游

舟破涟漪看万峰，一层层袅一重重。
他生不复耽山水，八桂风光活在胸。

桂林溶洞游

探寻地府似游魂，怪石阴森欲噬人。
出洞笑言成了道，凡身已化土行孙。

晚宿庐山

合是天门为我开，此身今日上瑶台。
暮云飞白穿窗去，涧水摇铃入梦来。

庐山含鄱口远望

结伴搜奇攀险坡，风光不负老风魔。
鄱阳湖水晴无限，遥向游人送眼波。

匡庐观瀑

身在山乡见水乡，危崖千仞吐流光。
吴钩脱鞘从天落，劈破孤峰退两厢。

苏州园林漫步

绮户雕栏花欲醉，玉桥纤柳银泉泻。
时人不屑问桃源，自有粟中藏世界。

黄鹤楼新咏

鹤影仙踪何处寻？楼前风景一番新。
双桥舒臂挽三镇，百万层楼绕水云。

滕王阁聚会

晴云飞阁碧空浮，无限江山一望收。
帝子风流随逝水，登临此日尽英俦。

南京鸡鸣寺印象

酒馆茶楼歌舞厅，悠悠何处一声钟？
香烟梵呗临街寺，佛在红尘百姓中。

千岛湖之谜

泱泱湖上绿千屿，船到湖心心没主。
疑是九天撼日风，卷来一片流星雨。

昆明西山行

逶迤十里傍山行，浩森滇池浴太清。
莫道仙乡人世外，龙门迎客入蓬瀛。

云贵道上

岭下人家岭上松，列车鸣笛破空行。
牧童牛背惊抬望，脱笠溜溜逐野风。

黄果树瀑布

沉雷隐隐撼千冈，万斛珍珠洒上苍。
古本西游今作续，龙王倒泻太平洋。

洛阳龙门石窟观光

访寻净土探真如，妙相奂奂意态殊。
三世十方无量佛，一齐合掌打招呼。

车过华山

列车前站去何方？人道潼关古战场。
疑似干戈犹未已，晴天飞下碧金刚。

青海观牧

号角呜呜塞上秋，催开飞马百千头。
恍疑融了昆仑雪，波涌涛奔生命流。

海南游

片片椰林点点鸥，白楼飞过又红楼。
遥看五指横云外，翡翠屏风护九州。

珂儿奉母登华岳

山上架山峰架峰，攀岩陟险步从容。
凭高俯览兴嗟叹：谁把羊肠绕紫穹？

八达岭遐思

极目蜿蜒城接城，长龙高卧待吾乘。
会当雷电轰鸣日，骑尔破天访外星。

西安访古

汉唐歌舞渺如烟，金缕王冠不复传。
唯有无名兵马俑，至今豪气薄云天。

武夷鸟瞰

晓雾夕岚溪谷底，萦回缱绻三十里。
上清仙子晾罗巾，飘坠人寰收不起。

武夷夕照

赤日将沉半抱崖，一时天地火交加。
蓝溪九曲流红去，推走丹山送走霞。

九寨沟一日游

千度寻君清梦里，而今乍见成知己。
两情交好手难分，多谢明眸跟到底。

六月黑

黑云吞去一群山，白电抽开一线天。
雷公暴怒一声吼，雨霸横冲一片寒。

秋　侣

打从凉月访西楼，秋色秋音尽我俦。
么二点萤窥户牖，两三声雁送清讴。

2005年立春后四十日江南大雪

薛姨逞妒与春争，才上归途又返程。
来日驾曦重上路，顺时疗忌待今冬。

下龙湾（二首）

其一

一蛋初分乾与坤，苍龙百万战风云。

纷纷甲骨凌空解，散入汪洋作石林。①

其二

海上群崖谁执掌？非常景入非非想。

麻姑指爪卸波间，赠予龙王搔背痒。

2005年孟夏江南游（七首）

序曰：时维四月，舟泛长江。访沿途之弱水蓬山，每生神想；游两岸之名都古镇，遂有新篇。

长江夜航

茫茫四野只阴霾，远岸码头灯火台。

灯火坠波谁点化？金蛇千尾蜿蜒来。

游石钟山

山扼鄱阳万顷流，风涛澎湃几曾休？

洪钟代代长鸣警：水可行舟可覆舟。②

车行青阳道

连绵凤尾涌波澜，秀岭奇峰数不完。

---

① 《太平御览》引《三五历记》："天地混沌如鸡子，盘古生其中。万八千岁，天地开辟。"

② 苏轼《石钟山记》称："《水经》云：彭蠡之口，有石钟山焉。郦元以为：下临深潭，微风鼓浪，水石相搏，声如洪钟。"

心似着魔眸似醉，几回误唤九华山。①

上九华山

群峰蜂拥奔车前，邀我登高进大千。
拾级攀天抬望眼，云流摇动九青莲。②

石头城怀古

江左繁华盖一流，金汤形胜帝王州。
纷纷霸业随风逝，亘古何曾似石头？③

扬州瘦西湖即景

舴艋舟摇云水低，菰蒲一带绿离离。
桨声惊起双飞鸟，飞进游人摄像机。

审 美

遥望诸峰美醉人，近观便觉减三分。
入山寻美美顿失，不识此身在美心。
美人不见美人美，只缘美在美人身。

魂返武夷秋（六首）

九曲溪漂流歌之一

一条流玉迂回绿，两列巉崖起伏丹。

---

① 九华山属青阳县境。
② 余徒步登九华，凡二千级，时余年七十有六。
③ 美国著名小说《飘》(Gone With The Wind)，直译曰"随风而逝"。南京一名石头城。

恍入桃源千古洞,却非世外在人间。

九曲溪漂流歌之二

碧水丹山幻境欤?洞深疑有古仙居。
他生愿卜溪边钓,除是蓬壶不子虚。

九曲溪漂流歌之三

前山吞没前排去,后山吐出后排来。
谁料名山访未尽,葬作名山腹里骸。

钻一线天

时越万年非异想,岩崩一线见天开。
挤穿绝壁危崖罢,磨出钢筋铁胆来。

爬上好汉坡

如绳石径自空悬,铁汉弓身贾勇攀。
攀上险崖何所见?风光半是半边天。

清平乐·魂兮归来

武夷秋水,不亚西湖美。魂失孤山常自悔,今次招伊来会。
伊称上网曾闻,武夷山水怡神。从此与君盟誓:天颓地朽同心!

题泉州南少林寺遗址古榕树

佛悯赡部洲①,蓊郁张伞巨。

---

① 赡部洲,旧作阎浮提,梵语音译,佛典术语,意谓众生所居。

为有弱者群,哀哉须保护。

长沙湘江风光带

花如织锦亮江皋,一带逶迤势欲飘。
莫是双娥追帝子?沿堤飞落彩丝绦。

海上生明月

天光水影有还无,疑是东方欲曙初。
沧海骊龙来献瑞,凌波捧上夜明珠。①

踏　青

九十春妍初露容,绿园漫步趁新晴。
儿童亦省怜芳草,处处垂青不踏青。②

升黄鹤楼望鹦鹉洲

一篇《鹦鹉赋》,千载草洲名。
权贵安足仰?巍巍仰正平。

长沙贾谊故居前

伤心迁客到天涯,此日繁荣百万家。
太傅骑龙还故宅,安居应不乐京华。

---

① 《尸子》卷下:"玉渊之中,骊龙蟠焉,颔下有珠也。"
② 前人有云:"记得绿罗裙,处处怜芳草。"此诗称"儿童亦省"云云,谑言之也。

春 讯

元宵过后久阴霾,昨夜晴和月色开。
破晓千窗犹滞梦,鸟鸣一句报春来。

巴蜀船工谣

爷娘生我瞿塘曲,惯识风波江里浴。
一声号子起鸣飙,千山响应烟岚绿。

春日江边漫步

近山凝黛远山烟,水上渔舟正满帆。
诧底江天飞鲤鳖?几根银线二毛牵。

花间对话

繁红密白酿浓薰,尽道今年好个春。
叶摆枝摇苞努嘴,纷抛手语谢游人。

苗条秋水

秋日高高似铄金,秋风旦旦响千林。
只缘两副减肥药,溪瀑看看瘦了身。

雪 窗

霁色明窗夜作文,神思得句兴长吟。
推窗欲把邻翁唤,雪月交辉满目银。

漓江象鼻山

别子抛妻赴此川，痴痴长饮化为山。
若非苍玉醇如酒，怎不思家醉不还！

西湖八月中秋夜

——有感于海外华人为祖国灾区捐款

长作异乡羁旅身，姮娥不泯故园心。
蟾宫开启天河闸，倾注西湖万顷银。

坐湘江风光带读李太白集（二首）

隔水遥招岳麓山，探囊请出李青莲。
名峦做伴吟名句，心比孤云卧岭闲。

江上低吟声闻渊，鱼龙起舞竞相欢。
清风为我翻书页，姑忘贪风亦半仙。

珠峰神话

齐天大圣闯天帏，四大金刚紧紧追。
棒落千钧防未得，人间接了烂银盔。

九华参禅

袈裟几处偶相逢，欲问禅机语未通。
行到山门闻棒喝，清钟一句破秋穹。

武当印象（三首）

游　山

这峰行雨那峰晴，踏遍千岩路不平。
但愿天公重打造，崎岖铲尽日高升。

乘缆车登金顶

金宫仰望只铢金，也拟飞瞻真武神。
控鹤乘鸾都是梦，云车迎我入天心。

金顶怀古

迁鼎何难息议难，北天上帝镇南天。
君权神授愚民策，今有林家铺子传。①

漓　水

长记轻舟快意行，满江春醴绿泠泠。
青峰影似杯斟酒，醉我一程又一程。

泛　舟

清凌昔戏泸沽水，潋滟今玩西子澜。
历历弄舟云影上，游湖不意被"游仙"。②

---

　　① 明燕王朱棣挥师南下，夺取金陵皇权并迁都燕京之后，惧江南儒议难平，遂立北方真武玄天上帝庙于武当山巅以镇之。是所以北神享祀于南也。参见拙著《中国宗教文学史》第633页。

　　② 时下网语流行被动加主动式，如"被自愿"、"被涨薪"之类，令人发噱，聊一效颦。

观 鹞

翩翩纸鹞漾晴空,鹞底绳连五尺童。
手眼通天童子乐,仰头曳住九霄风。

过武汉

轻车抵鄂过江时,悬想从前云梦姿。
幻入千湖烟水去,渔舟邀月钓新诗。

晚景抒怀

斜阳烧透众峰红,蜻蜓点破一泓绿。
二十四时光景新,潇洒夜游宜秉烛。①

正月初三夜

疏灯似醉晚风凄,冷寂空街人影稀。
最是赏心光景靓:娟娟眉月出楼西。

春 意

东风摇醒一湖船,桥北桥南划得欢。
桥底鸳鸯双戏水,虹桥入水抱成圆。

访花展

蓬莱仙子斗蛾眉,素面红妆翡翠围。
作别此园春满袖,依依彩蝶逐人归。

---

① 李白《春夜宴桃李园序》:"古人秉烛夜游,良有以也。"

夜　钓

玉钩隐隐水微明，危坐垂竿影作朋。
纵使老翁筋骨瘦，一丝牵动满天星。

放　舟

绿漫春溪天吐晴，携娃戏水小舟轻。
娇娃遥指溪边犬：不是舟行是岸行。

惊　舟

巨浸无涯水作山，舟同一叶落狂澜。
心沉腹壑冲喉眼，远岸腾空忽坠渊。

梦江南·2011年清明[①]

吉利长安大众轩，满灵园。一时飞紫杂流丹，漫春山。
银鲫玉虾金塔笋，蕨猜拳。苗歌唱彻太平天，乐丰年。

滇西行（十首）

自广州飞抵丽江

空姐声柔广播开，丽江迎客敞幽怀。
繁华瞬息抛天末，窗外桃源冒上来。

丽江古城二首

其一

人类文明何处源？寻根访祖到于阗。

[①] 是年清明适逢三月三。

一朝踏进水城路,跨越时光千万年。

其二
葫芦吹响勾魂壶,勾得游踪满古衢。
迈进人文大学校,穿行历史教科书。

十八弯——自丽江之泸沽湖途中
万丈悬崖一命悬,飞车千拐越群山。
不辞死路寻生路,为拜女娲活祖先。①

摩梭女儿酒家下榻
泸沽湖畔放奇花,原始遗风入酒家。
竟似蜂巢人性化,总裁代代是阿妈。

泸沽湖荡舟
轻舟小橹水铺银,驶向苍天驾彩云。
欲掬空明天一捧,将他尽扫蔽京尘。②

金沙江虎跳峡二首
其一
瓮底雷鸣好壮哉!喷珠驰雪射磐回。
青峰两岸交如剪,剪出蓝天一叶来。③

---

① 聚居川滇高原泸沽湖畔之摩梭人,至今仍保留远古母系氏族公社之遗风。
② 蔽京尘:明谓沙尘暴;暗喻"上有政策,下有对策"。
③ 江心磐石一尊,方可三五丈。土著云:有虎以石为支点,飞身过江,故名。峡似瓮底水沸,瓮口窄如一叶。瓮底瓮口,相距千米之遥。

其二

江天栽一叶，雪浪吼千雷。
不临虎跳峡，富贵亦堪悲。

香格里拉之秋

世外桃源秋色浓，无边霜叶漫山红。
天倾万斗葡萄酒，浇醉西游白发翁。

别丽江

搜奇觅胜不辞危，惜翠迷红孔雀随。
几日采风何所有？诗囊收得雪山归。

孟 春

云外轻雷唱，江村烟雨浮。
东风应解意，播绿染平畴。

早春南下

风雪京华送我行，飞车一夜走雷霆。
平明不见雪花影，乱眼桃花闹穗城。

春晓（二首）

其一

帘外忽闻音乐稠，关关恰恰复啾啾。
前身或是歌迷未？枝上歌星唱不休。

其二

日泼胭脂溪走蓝，层林凝绿锁千山。
儿童上学机耕早，一路人欢马达欢。

春　风

三月晴和万木嘉，凭栏把酒赏新花。
春风昨夜掀魔毯，亮出桃山一派霞。

春　雨

千山晓雨空飘翠，万壑春潮地卷银。
今夜满城同一梦：明朝争买笋尝新。

雨　中

霏霏春雨润如油，花木昭苏竞探头。
多少彩菇迎雨绽，轻盈飘举满街流。

清　明

雨影晴光各炫奇，柳寒花暖两相宜。
东郊携伞寻诗去，赢得儿孙笑我痴。

忆昔湘潭清明行

麻石长街雨似倾，少年口嚼槟榔行。
桐油纸伞头上举，铁齿木屐脚下登。

江 头

乍疏乍密黄梅雨,时暖时凉碧柳风。
的士度桥忙似蚁,村姑叫卖脆如筝。

春游摄影

绿鼙红恼乱莺啼,怪我身无摄影机。
报与司春仙子晓,灵犀拍照化为诗。

春 宵

花影侵阶寒瑟瑟,歌声隔院意融融。
此方此刻多康乐,中夜中东可太平?

春游遇幼儿园小娃娃

花溪柳陌倦游身,觅尽千红未可心。
何处娇娃歌似酒?探春人醉探春人。

南国新娘

春风远嫁出阳关,伴嫁随行有水仙。
摄取洞庭千里绿,织成戈壁一身蓝。

秋 收

铁马隆隆吞麦穗,金乌灿灿吐阳光。
冬来莫叹阳光少,粒粒阳光贮满仓。

秋 声

明月谁家玉笛吹？吹开寥寂我心扉。
推门披月寻声去，砌下花荫正落梅。

秋 山

自古秋山瘦，今见秋山肥。
果林金灿灿，挤密灯笼垂。

秋 晚

泉水闪明眸，黄花瑟缩羞。
鸟喧斜照里，人待月升楼。

忆昔登山快意

秋风健步上嵯峨，绝顶离天只几何！
欲觅来时百转路，一根银线绕金螺。

山 居

遥岭投窗小，寒塘落日红。
谷幽摩的响，远客到山冲。

邻 院

邻院纷纷桃李开，芳菲护院锁楼台。
无私最是墙边竹，穿透墙根献笋来。

郊 暮

昏黄村落烟，鸭阵晚归喧。
远市灯千点，西山月一镰。

深山掇趣

照水翩翩花起舞，穿林恰恰鸟相亲。
门前列队千竿竹，屋后鸣泉一架琴。

月下赋别

爹亲娘亲月更亲，夜行无处不随人。
君今北上我南下，明月分身两地跟。

迎 雪

北风一夜酿寒浓，忽梦溜冰发正青。
晨起推窗山尽雪，白头翁对白头翁。

张家界

千枝玉笋射晴空，盘古挥斤乱劈成。
绝代佳人遗世立，洪荒异卉此时名。
山民峭壁从容度，野鸟深林宛转鸣。
多谢天风凉似水，涤吾肝脑濯吾灵。

1987年春岳麓纪游（二首）

其一

四凶既扫物华新，身入名山山入心。

百里杜鹃花吐焰，一江桃汛浪翻金。
登攀遥指青天外，歌舞欣看红领巾。
是处只今春送暖，不忘巨手转乾坤。

其二

妙笔东风绘彩岗，芳菲次第展严妆。
花红照眼思霜叶，霞姊①萦怀爱绿杨。
泉醴②清澄仙鹤醉，波澜浩渺卧龙长。
古亭③曾记羲和驻，留取春晖耀八荒。

忆江南·寻张家界并序（二首）

张家界隐秀于重峦叠嶂之中，非入穷途，不见佳境。

青岩美，淘气小姑娘。越水穿山无处觅，团团转转捉迷藏，伴羞不出房。

青岩美，何处是芳踪？万唤千呼皆不见，驱车百里入苍冥，蓦地识丰容。

忆江南·湖韵（二首）

红日暖，西服挽披肩。兰桨摇船船入柳，和风弄柳柳攀船。处处是因缘。

斜照晚，人去剩幽园。燕子呢喃呼旧侣，双飞剪水效人怜。闲煞半湖船。

---

① 霞姊，杨开慧烈士幼名霞。
② 泉醴，白鹤泉。
③ 古亭，爱晚亭。

清平乐·西湖招魂

孤山信步,人返魂长驻。梦里招魂魂不顾,翘首问伊何故?
伊道情不由人,花娇水媚山欣。况有翩跹风柳,教侬哪得脱身!

临江仙·寄杭州友人

行色匆匆春欲去,飞花流水闲云。此身已许永随春。心乘花浪去,游到涌金门。

越尾吴头遥望处,故人花港垂纶。落红成阵戏鱼群。百花都不是,点点是余心。

第十卷

一绝半之什

解题：截古诗或律诗之四句，是为一绝，然则截六句岂非一绝有半乎？是亦传统格式也。

三春晖

天兢地颤雪纷纷，闺女今朝出远门。
娘为女儿买早点，归来止见雪披身。
解开棉袄三层扣，掏出胸窝一点心。

短讯致太白

吾爱吾师日月俦，更爱苦将真理求。
今欲为师改一字，未审吾师肯点头？
"抽刀断流流更流，举杯消愁愁更愁。"①

---

① 西哲亚里士多德曰："吾爱吾师（苏格拉底），吾更爱真理。""抽刀"句，李白原文为："抽刀断水水更流，举杯消愁愁更愁。"度其文意，其"水"必为"流水"而非止水。今据青莲《送友人入蜀》"春流绕蜀城"句，易"水"为"流"，想必更符太白本意，且与下文构成字面对仗。

酒仙太白论

若使封侯授紫衣,危时应赖断军机。
胡儿鼙鼓震天笑,笑杀元戎醉似泥。
自古风流多属酒,何人醉眼把家齐?①

杂体之什

解题:一绝两韵,初唐有此体,《全唐诗》署曰"杂体",今仍之。英国诗人德莱顿与蒲伯之英雄双韵体,亦近似之。

追记十年浩劫旧闻

一朝吃了豹子胆,金母阎王也敢反。
至今寒夜怒号风,众鬼呼呼气不平。②

盲道风景线

韶山路上盲人道,盲人道上美洲豹。
不见盲姑步步娇,但见风哮摩的飙。③

赛神会上

昨日大迎神,罗拜何纷纷。
神坛响一屁,众皆呼香嚏。

---

① 李白《襄阳歌》:"襄阳小儿拍手笑……笑杀山公醉似泥。"胡儿,安禄山为胡人。
② 金母,即西王母,见杜光庭《墉城集仙录》。参阅拙著《中国宗教文史》第323页。金母阎王,代指江,林。
③ 美洲豹,身体修长,四肢强劲,动物中之跑速特快者。

商籁七律之什

解题：东方七律，西方商籁。土洋化合，结为一体，或曰四不像，或曰狮虎兽，无可无不可也。

西湖纪胜

梦回西子晓妆浓，揽镜云鬟细梳理。
露饮茶花口绽红，风扶柳叶眉生喜。
叠巘飞霞孔雀屏，孤山浴浪青螺髻。
人人人在画图中，画画画在人心里。
山明水秀钟灵气，国魄民魂化杰雄。
驱虏精忠留胜迹，浮槎女侠匹干城。
今朝谁把神州济？亿万雷锋蒋筑英。

浙江首届戏剧节感赋[①]

处处湖山呈冶态，家家剧院奏新音。
清歌妙舞倾中外，细管柔弦动古今。
白坝人归白使君，苏堤客至苏居士。
流连长愿作今身，唐宋哪曾观此剧！
湖上人夸湖盖世，艺中我谓艺尤精。
年年岁岁湖相似，岁岁年年艺不同。
临别殷勤致主人：何当新曲再翻新？

---

① 为促中西文化之和合，遂纳华洋诗律于一篇。

无题之什

序曰：村言戏语，本来多属无稽；艺阁虚楼，幸勿凭空入座。

一

太尉高俅小计施，皮球换作李师师。
一朝踢到徽宗侧，便是加封千岁时。①

二

月夜燕青见道君，通关枕上赖佳人。
头头时下装天线，学得梁山走后门。

三

玉宇开科选射星，榜张后羿第三名。
冠军归属赛前定，钦点龙王外妇兄。②

四

东邻一个施，西邻一个施。
西施捧心美，东施效还媸。

---

① 《水浒传》写高某以蹴球末技发迹，官至太尉。然而以进美人而超迁至人臣之极者，史不绝书，其特著者，莫若秦相吕不韦。遂戏将原作固有之徽宗私幸李师师情节，与高俅故事挽合为一，聊博一粲。

② 媒体报道：第十届全运会艺术体操卫冕冠军某女称，此次大赛，冠军早已内定，被一有明显失误者夺走，卫冕冠军只落得第三名，因此愤而剪去长发，永别艺术体坛。嘻！内定现象，岂止体坛？

何来神力手，颠倒二娃姿？
西施丑八怪，东施美人鱼。

五

老大一罐金，十载藏深窖。
昨夜发罐瞅，黄金尽成粪。
老四一窖粪，优哉沤十春。
今朝发窖瞅，粪土尽为金。

六

三郎夜幸上阳宫，乐舞翻新烛影红。
暮听念奴歌一曲，平明赐爵御园东。①

编余补遗

世界向何处去②

岁逢丁酉唱金鸡，达镇③开坛喜破疑。
世界大同同打造，天人天语授天机。

---

① 《苕溪渔隐丛话后集》称：寇准"出镇北门，有善歌者至庭下，公取金钟独酌，令歌数阕，公赠之束彩，歌者未满意。"有侍妾蒨桃者，立呈诗二章。其一曰："一曲清歌一束绫，美人犹自意嫌轻。不知织女萤窗下，几度抛梭织得成？"噫，古今中外重赏歌姬者，岂止寇公！

② 应河南省古风诗书画院之邀作。

③ 达镇：瑞士达沃斯镇，世界经济论坛所在地。

长城颂

好男如若不当兵，国破家亡鬼哭声。
华夏王师钢铁汉，空天海陆四长城。

八十有八回首

丰收小米也堪珍，早岁从军晚著文。
求索百年唯一字，人人识得唤他新。

忆昔飞越黄河俯瞰

北坝南堤铁兽笼，滔滔锁住一黄龙。
安详笼外无涯绿，轮椅悠悠雀跃童。

新堂吉诃德传

挑战风车西复东，都言此汉犯癫疯。
舌头撞断咽下肚，只为"优先"要吃通。

为东洋某君画像

直立秋田①摇尾郎，万般算计为争疆。
只缘陪入温泉浴，痴梦浓时泡了汤。

---

① 秋田，东洋地名，产名犬，谓之。

2016 感动中国人物（三首）

孙家栋

灵心一片入青冥，散作银流万点晶。
自是人间迎七夕，不寻牛女数新星。

王　锋

大丈夫啊敢献身！冲开火阵救芸芸。
三番破阵四番战，烈士何辞作炭人！

秦玥飞

富了一村又一村，坚辞荣达与高薪。
爱他渊博留洋者，不泯拳拳报国心。

附录一　梦湖诗论

开创华夏诗词新纪元

　　传统韵文若从诗三百和楚辞算起，走到今天，已经历了三千多年的漫长道路。期间，在各个历史阶段，都被一代一代的诗人们赋予各自时代韵文以那一时代的思想艺术特色。当今的诗人，不妨继承并发展唐诗、宋词、元曲等传统韵文形式，但要用当代的新语汇，描绘当代人的新生活，抒写当代人的新思想和新感情。如若有谁刻意仿古，写出作品来，置入唐、宋、元大家集子中而能达到乱真的程度，那不是当代诗人的成功，只能叫作诗词曲模仿秀，连创作二字也算不得的。

　　"怜渠直道当时语，不着心源傍古人。"这是元稹称赞杜甫的诗句，可谓不刊之论。民族语言的发展，主要是词汇（实词）的发展，语法则是比较稳定的。词汇的发展，取决于政治、经济、文化的发展，以及与其他民族的交流。我国自进入新时期以来，正是由于上述原因，涌现出大量的新词语。2003 年出版的《新华新词语词典》收入近 20 年来出现的新词语 2200 条之多。毫无疑问，当代诗词的语言之时代特色，与这 2200 条新词语紧密地联结在一起。我们若不敢、不愿、不能、不善于在自己的创作中

"直道"这些新时期涌现的新词语,仍然沿用唐宋甚至更古老的词语(主要是实词)来表现当代新生活,势必陷入语言与思想严重背离的尴尬处境。例如:以"饮马香江"描述用高科技武装起来的驻港人民军队,以"折柳阳关"描述打的至机场送行,岂非隔靴搔痒,离题万里?

"贴近现实"?"切入现实"?许多诗刊诗报都高举这一现实主义大旗。这应当是一个没有争议的话题。问题在于怎样实行。进入新时期以来,人民生活中天天在出现新因素。一国两制呀!两弹一星呀!西气东输呀!南水北调呀!托福热呀!民工潮呀!海选呀!联赛呀!上网呀!下海呀!炒股呀!走穴呀!……令人眼花缭乱的生活新样式纷至沓来,应接不暇,为诗人们谱写诗词提供了一个永远汲取不尽的崭新题材库。就是那些被古代诗人们写了千万遍的爱情题材,到了今天的诗人手里,也有可能写出具有高科技时代特色的全新爱情诗来。"多情想起知心话,一擦泥巴打手机。"(曹德润《花木乡竹枝词》)农村姑娘打手机谈情说爱,已成为当今时尚,不但白居易和刘禹锡的《竹枝词》里没有,即使改革开放初期也没有。有一家企业举办爱情诗大赛,虽然悬出的评奖标准头一条就是"贴近现实",推出的头奖作品却是一个1500年前王孙公子的爱情悲剧。(以下删去180字)

当代诗词要用新思想、新感情来武装自己。当今的中国,是一个国力日益强大,威望蒸蒸日上的泱泱大国。做一个当代的中国人,已经成为自豪的事。全世界每一个炎黄子孙,都充满着爱国的豪情。华夏诗人是炎黄子孙的代言人。每一个当代诗人,都会情不自禁地为祖国的每一次胜利而喝彩高歌。然而诗人要感染和感动读者,光有万丈豪情还不够。振臂而高呼口号者,何尝不是激情满怀?但口号不是诗。这就必须讲究艺术技巧。诗人只有把沸腾的激情铸入独创的意境,才有可能不使自己的激情付诸东流。一位青年诗人描述雨中参加升旗典礼的感受道:"乐奏旗升亦壮哉,雨狂不见伞撑开。广场肃立人如海,都为灵魂洗礼来。"(王恒鼎:《七月二十一日清晨于天安门广场观升旗仪式适逢大雨》)诗的前三句写眼前景,结句写胸中情,情从景中升华而来。"洗礼"一词,妙语双关,乃全诗思想艺术之所系,诗眼也。试将"洗礼"换作"净化"或"改造",诗的主旨虽一成未变,艺术感染力却一落千丈了。"诗有别材,非关理也;诗有别趣,非关学也。"作者是一位小学教师,论学问,远不如博导、顾问之渊博,然而他的艺术思维创造力却是一流的。由此可见,新思想、新感情只有借助艺术技巧,才能爆发出千百万倍的光和热。

所谓新思想、新感情,其内涵十分丰富,爱国主义仅其一端。举凡积极进取、健康向上之精神,无不属于此范畴。即使愤怒、伤悲、牢骚、讽刺,只要是对否定性事物之否定,亦属此类。屈原在《离骚》中大发逐臣离乡的牢骚,实则大抒爱国之情愫,就是一例。

愿海内外的华夏诗词,带着全新的面貌跨入新时代,开创新纪元。

2003 年 4 月于长沙

立意第一　格律第二

律绝与非律绝

当代人写作传统诗,一般限于古体、律诗和绝句三种,而绝句又限于律绝一种。然而,唐代"今体诗"中的绝句,却绝非如此,除律绝之外,还有比较自由的非律绝,即古绝、拗绝等多种格式。被当代人奉为唐诗圭臬的李白和杜甫，就是写作非律绝的圭臬。

  李白是唐代诗歌王国的自由主义者。他对当时流行的诗歌格律并非奉若神旨。他极少写作标准化律诗。他的绝句中虽不乏律绝，但也多有不符标准格律的非律绝。"问余何意栖碧山，笑而不答心自闲。桃花流水窅然去，别有天地非人间。"（《山中问答》）"燕南壮士吴门豪，筑中置铅鱼隐刀。感君恩重许君命，泰山一掷轻鸿毛。"（《结袜子》）李白这两首非律绝，把律诗格律的基础——黏对法则抛弃得一干二净，也不怕千年之后还会有人将他的"非人间"、"吴门豪"、"轻鸿毛"这些三平尾目为大忌。

  与放浪不羁、不大遵守格律的诗仙李白相反，杜甫在唐代和现代人眼中，是个最讲究格律的诗圣。他写了大量的五律和律绝，却也写非律绝。他的《漫兴九首》有四首就是古绝，几乎占了这组诗的一半。例如其第一首："手种桃李非无主，野老墙低还是家。恰似春风相欺得，夜来吹折数枝花。"同李白一样，最工于诗律最熟悉黏对法则的杜甫，在这里却把基本诗律抛到九霄云外去了。李杜在律绝盛行的唐代，写出了诸多脍炙人口的非律绝，奈何千年之后的今人，倒不敢写作、不敢发表非律绝了？当代人既然把五古、七古也列入格律诗，何以却又把古绝打入冷宫？

切莫舍本逐末

（一）

  诗以意为主，要格律而不死守格律，这是古今大诗人的共同特点。不少唐宋名篇率皆如此。假如某五七言绝句立意高妙，构思奇巧，但在格律上不甚符合"近体"，我们就把它视作古体绝句好了，何必以其不大符合"近体"格律而大惊小怪、信口雌黄？李白、杜甫、王维、白居易，以及其他唐宋大家、名家，特别是晚唐李贺、杜牧的诗集中，这类不拘格律而立意尖新的绝句不胜枚举。

　　反观当代诗坛，许多人作诗、读诗、审诗、议诗，几乎把主要精力倾注在"近体"格律上。有的人作诗或审诗不可谓不用功，硬是逐字推敲，一字不苟。可惜他们推敲的不是对立意创新的追求，而是审声审韵，生怕越雷池半步，以致招来"行家"非议。例如当今中华诗词学会提倡，写诗允许旧声旧韵，也允许新声新韵，但不主张新声旧韵，或旧声新韵（许多诗刊，只要求新韵旧韵不得混用，对声调之新旧无要求）。于是，一些人照旧按旧声旧韵写诗，另一些人试着按新声新韵写诗。新声新韵是新格律，对于有的人来说，一时难以达到运用纯熟的程度。即使诗词大腕和文学专家，有时也不免有个别字句，虽符新韵，却是旧声。有的读者就不依了，说是违反了新韵必须新声的新格律原则，至于该诗是否立意高妙，构思尖新，反不置一词。照这样死抠格律，不计立意构思，岂不要把李杜王白一一抠倒？崔颢就更不用提了。抛开古人不说，就是当代伟大诗人，也难免遭否定。毛泽东的《蝶恋花·答李淑一》是公认的革命现实主义与革命浪漫主义相结合的典范。不论专家还是大众，无不交口称赞，并被歌唱。然而有谁曾说：此词下阕的四个韵脚，不论旧韵新韵，均分属两韵部，因此"不予采用"？

　　文成法立。只要立意高妙，构思新巧，即使格律上稍游离于旧传统或新法则，仍不失为好诗，乃至精品、典范。"举头望明月，低头思故乡"，"春风得意马蹄疾，一日看遍长安花"，"南朝四百八十寺，多少楼台烟雨中"是不是名句？符合不符合"近体"格律？

如果真要实施当代诗词的精品战略，当务之急就是要提倡重本轻末，把全部诗刊诗报的看点和卖点，通通引导到创意上来。如果死抠"新韵必须新声"，喋喋不休地议论某人某诗不符老格律或新格律，并由此以定优劣去取，那将是诗词精品的厄运，当代诗词的没落。

（二）

作诗之道，重在创意（内容）。一首诗的写作过程，是先有上佳立意，然后寻求完美的表现形式，包括格律。若选择近体格律去表现，但略有龃龉，可以拗格应之。若拗而可"救"固佳，若无可"救药"，亦不妨任之。若一拗再拗，还可以古体视之。总之，内容决定形式，形式服从内容，绝不可犯格律幼稚病，扭曲内容，去迁就形式。古今中外大文豪，无不信守此原则。崔颢《黄鹤楼》前二联多不协律，全属古体，被严沧浪列为唐人七律之冠。明汤显祖填词（传奇），有人嘲他曲词拗口，他说不妨拗折天下人嗓子。临川四梦传唱至今，也未听说哪位杜丽娘的嗓子被拗折了。陈毅诗词多不协近体格律，但好诗很多。他请毛泽东替他改诗（正格律），毛说诗不能改，勉强替他改了一首五律，格律倒是合了近体，可诗味不多，所以毛说再不能改了。毛泽东也偶为身边工作人员改诗，但不是推敲格律，而是为了提升诗意。顺便声明，本人绝句，今、拗、古，各三分之一。诗意是格律缚不住的。

反观今日诗坛，许多诗词爱好者、编者、导师，一诗到手，首先就是推敲格律是否吻合近体，一字不合，辄为改之，不惜削诗意之足，适近体之履，当毛泽东当年不当的傻角。如若你在某处发现一首格律百分百符合近体，而语言别别扭扭，乃至无法索解的律绝，那它一定是格律迷们写出来或改出来的木乃伊。建议诗词报刊都按"文责自负、只选不改"办报，停止好心办坏事。

最后建议奉近体格律为雷池者，不妨查一遍李白、杜甫，以及小李杜全集中的全部绝句，看看被我们奉为圭臬者的诗仙诗圣们，在意境美和声律美二者不可兼得时，是怎样处理其诗作的。杜牧为何不讨好格律迷，将"南朝四百八十寺"（平平仄仄仄仄仄）改为"南朝四百零三寺"（平平仄仄平平仄）？为什么？顺便提及，拙作《西湖情结》（入藏现代诗词馆）第三句"三千六百五十梦"，也是"平平仄仄仄仄仄"，古今二人相去千余年，竟在这里相撞，巧！巧？

（三）

2006年第11期《文化月刊·诗词版》征稿启事称："本刊实行旧韵、新韵双轨制"，但"不标新旧，读者自辨"。2007年第1期《中华诗词》发表"来信照登"《标明"新声韵"是有道理的》一文。该文认为新旧韵不但要标明，还得作者本人标明，因为作者比编者更清楚。（这就是所谓的"道理"？）文中举了一个例子："《农家新景》（新声韵）：'一轴红梅灿画堂，碧荷出水沁心凉。醉人不独丹青笔，四壁图书扑鼻香'。幸亏作者标了个'新声韵'，才使我们知道这是一首有毛病的七绝，是一首地道的新旧韵混用的诗。"

这位作者庆幸诗作者贴了个"新声韵"标签——辫子，让他逮住并指出：诗中的"堂"、"凉"、"香"三韵脚是"地道的新旧韵混用"。然而我却始终看不出"混"在哪里。（按：此三字既属平水韵下平声七阳部，又属《中华新韵》的十唐部。）一首既符新韵又符旧韵，技术上中规中矩的诗，只因作者作诗时查的是《中华新韵》，并老实按"不许混用"的要求贴上"新声韵"

标签，却仍然逃不过"地道混用"的莫须有罪名。岂不冤哉！（按：声与韵是两个概念，诗中的"独"和"扑鼻"三字，虽系以入声协律，但非落在韵脚上，不得按"新旧韵混用"论）。

其实，新韵、旧韵并非两个水火不容的对立系统，它们在许多情况下是一致的。例如：旧韵中的一东部和二冬部，本来就是允许通押的，新韵也把二部合在一起。若按此二部选韵，说是新韵可，说是旧韵也不算错。诗作者没有必要画蛇添足，去标什么新旧。标了，说不定还会有人出来抓"地道混用"的辫子。

诗是写给当代大众看的，不是写给古代文人看的。当代大众根本不了解也没有必要去深究当代诗词圈里新旧韵这个专业技术问题。人家只要读来合辙押韵就认可，所以硬性要求标明没有必要。倒是押旧韵者不妨标明，因为旧韵有时背离了现代口语，当代大众不了解。

（四）

陈显荣《名人破格与凡人违律》（载 2007 年第 2 期《中华诗词》）为"被点名犯孤平的诗句"鸣不平，认为意境美妙，破格亦无伤大雅，好比断臂维纳斯。说得好极啦！该文指出，被点名犯孤平的诗句有二：一是"客心此夜秋"，二是"日寇进村不见踪"。

陈文对包含上面两个孤平的两首诗的"诗意盎然"、"妙趣横生"的意境，作了令人折服的剖析之后，将当代格律诗分为三类：一是意境格律双美型，二是意境颇佳、格律稍缺的瑕不掩瑜型，三是格律正确、意境平庸的绣花枕头型。

根据这个分类，前面被点名犯孤平的两首诗应纳入第二类。虽然诗中维纳斯也是美的化身，但若根据我的"以上代平，上去交错"的四声格律论，却可以纳入第一类，从而成为诗中阿波罗。因为在我看来，那两个诗句中的孤平，都应属于前拗后救型，格律上无懈可击。先说第一句。第一字本应为平声却拗作仄（客），但第三字"此"为上声，其调值为低于平声的低降升调，与第一字"客"和第四字"夜"这两个高降调去声形成声调上的强烈反差，产生了鲜明的救拗语感。再说第二句。第三字本应为平声却拗作仄（进），但第五字"不"在去声字"见"之前，不读去声，而应读作阳平，这样便对第三字产生了救拗效果。所以陈文说：这两个诗句的孤平小疵，"在诗意盎然的强感染力下，显得微乎其微甚至微不足道"了。其实，低于平声的上声"此"，与读作阳平的"不"这两个字产生的救拗作用，也是不容忽视的，仅凭语感直觉，故说"显得"那孤平已"微不足道"了。

任何艺术，创意永远是第一位的，形式永远是第二位的。人们，特别是诗词圈里的人们，每以诗词格律之长，疵议新诗不成形之短。岂不知正由于新诗不能在形式上与诗词相抗衡，才被逼上创意翻新出奇之路。一部新诗史，就是一部创意发展史。巡礼当今诗坛，那些曾经在新诗创作中取得过上佳成绩的诗人，在他们转向诗词创作之后，或时有格律不严，但于意境的经营和创造上，却时有火花擦出。谁拥有一个别出心裁的独创性意境，谁就拥有了一个成功的作品，这个作品的形式，可能是格律严谨的近体诗，突破格律的拗体诗，不守格律的古体诗、杂体诗，也可能是不成形的新诗、散文、乃至媒体广告。一个平庸的构思，哪怕花重金礼聘天王巨星打造成辉煌广告，或者起死回生请杜工部谱成谨严格律，结果都将一样，只能成为金玉其外、败絮其中的绣花枕头。

大大小小的诗词圈，若不从实际操作上而非仅仅从理论上，解决这个主次轻重颠倒问题，将永远停留在大大小小的绣花枕头制造厂阶段。

拗峭与格律创新

当代人写诗、议诗、审诗、选诗，好以是否符合唐人"今体"格律为基本准则，至于立意是否别出心裁，构思是否唯我独创，倒在其次。造成这种本末倒置的现象，主要是人们学习诗词的基本教材的片面性决定的。

当代人学习诗词，有三种十分流行的基本教材：一是《唐诗三百首》，二是《千家诗》，三是以王力《诗词格律十讲》为主的各种介绍唐人"今体"诗律的小册子。这三种基本教材的共同片面性，是有意无意地忽略了对古体绝句的介绍。人们在对这三种基本教材的日习月学、朝吟暮诵中，不知不觉步入了一个误区，只要一提起古典格律诗，便只有按照唐人"今体"格律写出的五七言律诗和绝句。也有极少数人注意到了《唐诗三百首》的五言绝句中，有一些是不符"今体"格律的古体绝句，因此也主张五绝可以写古绝，但七绝和律诗是一定要符合"今体"格律的。

其实，在唐代，人们既可以按新格律"今体"写诗，也可以按古格律即古体写诗，包括写五言和七言古体绝句，以及半是"今体"半是古体的半格律诗，最著名的莫过于《唐诗三百首》中崔颢的那首《黄鹤楼》。由于《唐诗三百首》只选了这么一首越出格律的"七律"，后人便误以为那是一个孤例，不能算数，其实并非如此。霍松林在论《正与变》中列举了大量出格律诗便是证明。这种情况在初唐、盛唐时期十分普遍，人们只要稍微翻阅一下那个时期的著名诗人如王维、李白、杜甫的诗集，就不难发现。到中唐、晚唐，由于"今体"的长期广泛深入民间，人们渐渐淡忘了除"今体"律绝以外的古绝和半"今"半古格律诗。

可见当代人的误区，在中晚唐时期早已形成。为了力矫时弊，晚唐诗人中的有卓识远见者，便大写特写出格的格律诗，有意识地突破"今体"格律，令人耳目一新。被后人誉为风格"拗峭"的杜牧，便是其中翘楚。至于宋人着意与近体作拗者，则有黄庭坚、陈与义诸名家。

杜牧出格七律举隅：

润州之一

向吴亭东千里秋（仄平平平平仄平），放歌曾作昔年游。
青苔寺里无马迹（平平仄仄平仄仄），
绿水桥边多酒楼（仄仄平平平仄平）。
大抵南朝多旷达，可怜东晋最风流。
月明更想桓伊在，一笛闻吹出塞愁。

题宣州开元寺水阁，阁下宛溪，夹溪居人

六朝文物草连空，天淡云闲今古同（平仄平平平仄平）。
鸟去鸟来山色里，人歌人哭水声中。
深秋帘幕千家雨，落日楼台一笛风。
惆怅无因见范蠡（平仄平平仄仄仄），参差烟树五湖东。

杜牧出格七绝举隅：

江南春

千里莺啼绿映红，水村山郭酒旗风。
南朝四百八十寺（平平仄仄仄仄仄），多少楼台烟雨中（平仄平平平仄平）。

过华清宫绝句之二

新丰绿树起黄埃,数骑(仄仄)渔阳迫使回。
霓裳(平平)一曲千峰上,舞破中原始下来。(失黏)

赠别之一

娉娉袅袅十三余,豆蔻(仄仄)梢头二月初。
春风(平平)十里扬州路,卷上珠帘总不如。(失黏)

唐人"今体"格律,至中晚唐已定型。那时的试贴诗和应制诗通通不敢破格作拗,便是证明。杜牧基本上遵守当时已定型的格律,但又时时立意突破,特别是"今体"格律的平平仄、仄仄平、平仄仄、仄平平四种三字尾,是小杜的着重突破点。他每每写出仄仄仄、平平平、仄平仄、平仄平这样的四种三字尾来,仄仄仄式和平仄平式已见于前数诗。下面将四种三字尾再举数例,以见一斑:

泊松江

清露白云明月天(平仄平),与君齐棹木兰船。
南湖风雨一相失(仄平仄),夜泊横塘心渺然(平仄平)。

史将军二首(选一)

长铗周都尉,闲如秋岭云(平仄平)。
取螯弧登垒,以骈邻翼军(平仄平)。
百战百胜价(仄仄仄),河南河北闻(平仄平)。
今遇太平日(仄平仄),老去谁怜君(三平尾)。

好一首文字对仗而格律不对仗的半古半律诗！若落入今日格律迷之手，枪毙！

另一晚唐大家李商隐的破格律绝也极多。试看：

落 花

高阁客竟去（平仄仄仄仄），小园花乱飞（平仄平）。
参差连曲陌，迢递送斜晖。
肠断未忍扫（平仄仄仄仄），眼穿仍欲稀。（平仄平）
芳心向春尽（仄平仄），所得是沾衣。

隋 宫

乘兴南游不戒严，九重谁省谏书函？
春风举国裁宫锦，半作障泥半作帆（仄仄仄平仄仄平）。

两首律绝，三句孤平，三个出格三字尾，说明作者有意作拗。又如：

二月二日

二月二日江上行（仄仄仄仄平仄平），东风日暖闻吹笙（三平尾）。
花须柳眼各无赖（仄平仄），紫蝶黄蜂俱有情（平仄平）。
万里忆归元亮井，三年从事亚夫营。
新滩莫悟游人意，更作风檐夜雨声。

一如杜牧对"今体"格律三字尾的全面破格，李商隐也不落后。再举一例如下：

日 射

日射纱窗风撼扉（平仄平），香罗拭手春事违（平仄平）。
回廊四合掩寂寞（仄仄仄），碧鹦鹉对红蔷薇（平平平）。

一绝四句，句句三字尾破格，说明诗人破旧"今体"，创新"今体"的意图十分自觉，并非偶然失误，而且小李杜还时常以两个破格体三字尾构成对仗，如："仄仄仄"对"平平平"、"仄平仄"对"平仄平"之类。他们的拗体有时也符合拗救法则，如杜牧的那首《泊松江》和李商隐《二月二日》的颔联，但大多数是拗而不救。譬如上句拗第5字，下句第5字不救；下句拗第5字，则无药可救。正因为如此，杜牧才得以在晚唐诗坛独树一帜，自创"拗峭"一派。此派诗风，亦传承至宋诗。例如：前拗后救者："鸣骹直上一千尺（仄平仄），天静无风声更干（平仄平）"（柳开）；拗而不救者："不管烟波与风雨（仄平仄），载将离恨过江南"（郑宝文）。出句不拗，对句拗而不可救者："歌楼夜宴停银烛，柳巷春泥污锦鞯（平仄平）。"（王禹偁）宋诗拗峭一路，至黄庭坚便登峰造极了。

有志于振兴当代诗词者，在赞赏、推介唐宋名家的正宗"今体"之外，何不也留意于他们创建新格律之一二？其实，拗峭新变在老李杜笔下已经发端。唐人"今体"在其定型之初，早已出现了异端运动。奈何千年之后的井蛙，还死死护住千年之前的老"今体"不许动？古人动得今人动不得？其实毛泽东早已动了，"人心纷赞阵容阔"（仄平仄）、"乱云飞渡仍从容"（三平尾）、"坐地日行八万里"（孤平），如何？中华诗词文化研究所编《百年绝句大典》，选拙作10首，其中《岳阳楼凭栏》与《难忘那一刻》便是拗绝和古绝。

为了富国强兵，全国上下，无不与时俱进，自主创新。然而，诗词格律不许新变，要新要变，就在传统律句的基础上，增减几个字句吧！照这一理论看，创新不是质变，而是量变。把外国的机器拿过来，添减几个齿轮，就算自主创新去申请专利了。人家会同意吗？

（选自《马焯荣文选四》）

革新一贯我　笑骂且由人

我，缪斯王国的异教徒。自20世纪40年代之初习作诗词以来，我便树立了一个一以贯之的理念——革故鼎新。

任何时代的文学，都是从前一时代的文学发展而来的，都是永恒发展链条中的一环，都具有承前启后的作用。今天的诗词创作，要继承古典诗词的优秀传统，要学习古典诗词的艺术技巧，师古是必需的。但是，师古与创新这一对矛盾，前者是手段，后者是目的。任何时代、任何民族的文学都不例外。就拿唐人"今体诗"来说，它是唐人在总结先秦至六朝的诗歌格律，特别是周颙、沈约诸人的四声八病说和永明体的基础上，由唐代诗人逐步创造出来的。唐人的"今体"，是唐人革新诗律的成果，不是对六朝，更不是对先秦、汉魏诗律的照搬。因此，我们今天从事诗词创作，既要师古，又要创新。但师古绝非复古，创新绝非步虚。对于一切优秀的古典诗词，要做到学习时入乎其内，创作时出乎其外。这样，才能写出新时代的新诗词，而不是对古典诗词的模仿秀。也只有如此，我们这一代诗人才不辱时代赋予我们的使命，为中国诗史的21世纪这一章，打上新世纪的鲜明时代印记。

本着上述理解，我在创作实践中，作了多层面的革新尝试与追求。

首先，是内容的革新。自改革开放以来，我国的经济发展蒸蒸日上，政治制度日益开明，各行各业英模辈出。这是有目共睹的现实。为此，我写过不少赞颂诗。例如《黄河颂》、《清官颂》、《变法颂》、《温总理为农民工讨债颂》、《宇航员杨利伟赞》、《火凤凰赞》等。但是，生活中的某些消极因素也是不容忽视的。诗词作者有责任把这些负面影响写入篇章，以引起有关方面的注意，并加以改进。杜拾遗（甫）的"三吏三别"，白拾遗（居易）的"秦中吟"50首，都是这种性质的补天之作。我们要学习杜白的拾遗精神，对社会负责，为国家分忧。杜白要补的是封建帝王之天，我们要补的是人民之天。因此，我还写了一些讽刺诗，如《某公》、《官箴》、《黑心棉被自述》、《恐假症》、《捐献器官声明》等。

其次，是诗词语汇的革新。语言是思想的物质外壳。唐诗宋词的语汇系统，是表现中古社会生活的手段，它与中古社会生活互为表里关系，彼此充分协调。但若要求这一语汇系统，来完成表现当代社会生活的任务，则是不现实的。一方面，今天的社会生活，比起千年前的中古社会生活来，广泛复杂得多。一个相对狭窄简单的中古语汇系统，与一个较之广泛复杂得多的现代生活系统，是无法对接的。许多描写中古社会生活的词语，如寒食禁火，七夕穿针，旅壁题诗，幽闺拜月，琼林赐宴，锡杖游方，宴乐投壶，泰山封禅，诸如此类，由于它们所反映的那些典章制度和风土人情，早已消逝，因而在今天反映现实生活的诗词中，已基本上难以派上用场。另一方面，许多今天的尖端科技和社会生活样式，如电子游戏，网络营销，海外兵团，空中雷达，阳光采购，银色浪潮，上市公司，恒生指数，诸如此类，在唐诗宋词语汇系统中，又几乎很难找到恰如其分的借代语。基于这一认识，我在创作中便大量吸收时新语。元稹称赞杜甫："怜渠直道当时语，不着心源傍古人。"我因此更加坚定了"直道"的信心，尽量不去尘封千年的故纸堆中苦搜不伦不类的语言替身，只有在受限于格律的条件下，才不得不偶尔"袭用"一下。例如："炒股背时亏老本"，"操盘原不靠疯狂"，"将谓摩登学瘦身"，"早是暗箱操作了"，"超霸款爷穷马仔"，"人称她第一夫人"，"仙客招来涉外婚"，"电视开心脱口秀"，"T形台上婀娜扭"，"便是爹妈也克隆"，等等，我在这类表现当代生活题材的诗词中，都是直书其事，"直道"其语。窃以为，这正是这一时代的诗词语言的时代特色之所在。

再次，是意象的创新。诗词的内容依靠与之互为表里的诗词语汇来表现，但要表现得精警动人，使读者获得充分的美感享受，那就必须创造出别开生面的意象来。为此，我主要采取了三种创新途径。

第一，赋予传统意象以新的现实内蕴。例如《宇航员杨利伟赞》："广宇碧无垠，孤舟白一寸。好男杨利伟，以身写《天问》。"诗中的"孤舟"，是唐诗中常见的形象，如"孤舟蓑笠翁，独钓寒江雪"，但在我的诗中，它已不是原来意义上的那条静止幽独的渔舟，而是一支遨游广宇的飞舟了。"天问"亦属此类。又如《无偿献血赞》："亲采红莲子，远贻梦里人。应知莲内苦，点点是莲心。"诗中的"莲心"是谐音双关语，暗寓"怜心"，即爱心。这一莲——怜意象，本是南朝民歌中常见的。但它在南朝民歌中是男女之爱，而在我的诗中已升华为无私博爱了。当然，我也利用传统修辞创造新意象。例如"阳邀俊彦来垂钓，阴使痴愚上钩来"（《大钓》），"痴愚"与"池鱼"谐音双关；"购匦鱼儿来上钩，财源滚向镜花商"（《小钓》），"鱼儿"与"愚儿"谐音双关。在汉语词汇中，有大量同音异义词，因而谐音双关成了汉语修辞学的重要特色。我充分地利用了这一特色。

第二，借用外来文化意象，以表现当代中国的生活内容。例如《船过神女峰》："远眺巫山抹淡云，女神羞涩隐丰神。面纱未敢轻撩起，只恐美惊天下人。"面纱，是旧时西欧妇女的饰物，此处借喻巫山"淡云"。又如《读夏五诗有感》道："笔底挖开聚宝盆，诗家富压所罗门。"所罗门是古以色列王，富甲天下，事见《旧约圣经》。此处借作反衬，极言夏诗之可贵。

第三，别出心裁。革新传统意象和借用外来意象，虽可以令人耳目一新，终不如独创来得彻底。我曾在一篇诗话中写过："作诗有三避：一曰避古人，二曰避时人，三曰避本人。"只有避开了这三种人已经创造出来的意象，直接从现实生活中提炼意象，不依不傍，才是完全的创新。例如"分付挂钟颠倒走，今生今日启回程。"(《休闲戏语》)"直须蜕却陈躯壳，再现沙场七尺雄。"(《手眼身心》之一)"杨枝净水观音赐，不洗灵魂但洗钱。"(《某公》)"翁财过户一朝尽，莲脸翻成鬼脸婆。"(《川剧特技》)"群芳竞聘有神女，世界小姐逊一筹。"(《神女新赋》)"满天星斗传天讯：伐桂吴刚改种松。"(《星空》)"从此猴区凭自治，人猴相爱不相侵。"(《云南出现金丝猴种群》)等等。这些意象，在全唐诗中应当找不到，因为它们都直接植根于当代社会生活的泥土中。

最后，是韵律的革新。先说押韵。传统韵书俗称平水韵，以初刊于金代之平水（今山西临汾）而得名。平水韵与现代汉语音韵的冲突甚多，这是大家早已谈过的问题。《中华诗词》公布的《中华新韵》，就彻底打破了平水韵的神圣权威，按现代汉语音韵重新编排。我在20世纪40年代初习诗词时，基本上就是按这个办法用韵的。那时我曾拥有《诗韵合璧》和《诗韵大全》两种韵书，都是平水韵。但我把韵母同属ㄥ的上平声之一东、二冬和下平声之八庚、九青、十蒸五部通押，把韵母同属ㄣ的上平声之十一真、十二文和下平声之十二侵三部通押，把韵母同属ㄢ的上平声之十四寒、十五删和下平声之一先、十三覃、十四盐、十五咸六部通押。上平声的十三元则一分为二，分别划入ㄣㄢ两个韵母阵营，实行通押。其他还有一些同韵母通押者。这在20世纪40年代之初，不啻冒犯天条，"小子乳臭未干、懂个屁！"即使在60年后的今天，对此嗤之以鼻者，恐怕仍大有人在。但既要革新，尽量与现代汉语接轨，也就顾不得了。再说格律，唐人今体诗格律，经六朝酝酿，初唐盛唐发展，中晚唐成熟，当时的试帖、应制诗可资证明；又历宋元明清千锤百炼，其格式之完美，规矩之严密，已成文学雷池。但我在近年逐渐发现：五七言唐体格律是建立在平仄（不平）二声的交错排列上，而"仄"字在格律口诀中读作去声，实则包含现代汉语的上去二声在内。平声与上去二声交错，固然均产生抑扬效果，若同属仄声的上声与去声交错，又何尝不能产生抑扬效果？上上去去上上去，去去上上上去去。去去上上去去上，上上去去上上去。有何不可？所以我提出了"以上代平，上去交错"的法则（参见拙作《充分发掘现代汉语声律美》，载《马焯荣文选一》），以补传统平仄二声格律之不足。例如"起跑线上（上上去去）我初生"，"日进斗金宿梦圆"（去去上平去去平），"情场亦贵诚和信"（平上去去平平去），"毕竟个中有解人"（去去去平上上平）之类，若按二声格律看，都是孤平拗句，但实际都是对这一补充诗律的灵活运用。

　　其他方面的革新还有一些，如用字，"怎"不写作"争"，"这"不写作"者"；句读，起用全部新式标点符号；纪年，不用干支用公元；等等。这些方面的革新，毛泽东诗词早已做出了光辉榜样。

生物在进化，人类在发展，社会在前进，诗词要革新。

陈良运致马焯荣

马焯荣先生：

所寄大著均敬收，谢谢！近作《话说"活色生香"》一文寄《中华诗词》，文中引用尊作二首。见刊后请赐教。您可以写点文章寄该刊，尤其有关创新之作。

恭祝

鸡年吉祥，身笔双健！

陈良运
2005年1月7日叩上

《中华诗词》编者致马焯荣

焯荣同志：

您好！《革新一贯我 笑骂且由人》已编发4月号，后经编辑部研究，又被撤下，主要是担心"在读者中造成我们在提倡的印象"，特别是对格律创新"上上去去上上去，去去上上上去去"说法，有不同意见，又不便删改。故只好将大作奉还，请另作处理。

非常遗憾，特致歉意！

愿多保重！

编者
2005年4月25日

马焯荣致《中华诗词》编者

编辑同志：

近好！我曾一再表示，不愿再涉诗评。但是一则由于你的盛情难却，二则由于陈良运先生的建议，因此才写了后来被主编打下来的那篇文章。由于文章是应陈的建议写的，我也答应了他，为此，我将退稿与你的来信一并寄给了陈，算是对此事的一个了结。顺便提及，记得贵刊曾发表丁芒先生自度曲一篇，同时编者表态，欢迎大家自创新体格律诗。现在我也试验一种新格律，忽然编者又害怕了，岂非叶公？我的上去交错法，实系老舍四声调节法在诗律中的运用，不能完全算我个人的发现。这一点，我未敢掠人之美，早在《充分发掘现代汉语声律美》（载《马焯荣文选一》）一文的开头就作了声明。但我至今毫不怀疑，我毕生所作的数十篇诗评，唯此篇稍具学术价值。"人类总得有所发现，有所发明，有所创造，有所前进。"我的其他文章，大都运用前人观点观照古今诗作，在诗学上无所建树，唯此篇堪称新探索，新贡献。如挑申报高级职称成果，只此一篇可以入选。

  专此。即颂

  编安！

马焯荣
2005 年 6 月 4 日

中国现代史学会暨中国国家博物馆致马焯荣

  尊敬的马焯荣先生：

  您好！

  您寄来的《充分发掘现代汉语声律美》一文，立意新颖，结构严谨，内容丰富，反映了新时期优秀中国共产党人（特别声明：本人无党派，并已去函说明——著者）的风采和内涵，具有一定的交流和收藏价值，经《建党八十五周年经典纪录》编辑部资深专家严格审评，符合入编要求，并荣获金奖，拟全文载入《建党八十五周年经典纪录·优秀成果汇编》一书。特向您表示祝贺！

  致礼！

中国现代史学会
中国国家博物馆学术研究中心
二〇〇五年九月

几句题外话

  原以为我的声韵格律破格论难觅知音，近读《中华诗词·吟坛百家》刘章诗，知音竟在该刊编委会里。刘诗《题天佑石》云："野花为妹树为兄，渴饮流泉食落英。绿水青山留足迹，苍天佑我寿如松。""兄"、"英"、"松"三韵脚，分属平水韵的一东部与八庚部，在现代汉语中则同归于ㄥ部。"食"、"足"、"迹"三字，前二字为派入阳平的入声，后一字为派入阴平的入声，该诗均以入声（仄）协律。此外，拙诗不避的各种拗句，诸如孤平、三平尾、三仄尾、该平平仄作平仄仄之类，刘诗亦不避。如"又化白云恋故乡"（《咏兴隆一线天石井清泉》）、"转眼人生满六十"（《六十抒怀》）、"人间丑恶全砸烂"（《五指山》）。诗意是格律缚不住的，形式服从内容，而且"转眼"句中的"满"字，正符我的"以上代平"补充格律论。破格论，古代知音易找，李白、杜甫、李贺、杜牧、李商隐、黄庭坚均是；当代知音难觅，不料"踏破铁鞋无觅处，得来全不费功夫"。

充分发掘现代汉语声律美——以上代平，上去交错

  已故语言大师老舍有一个习惯，他在写作时总是念念有词，边念边改，以求抑扬顿挫，琅琅上口。老舍调节声律的原则有二：一是诗词格律的平仄口诀，二是四声调节。前者是传统，后

者是老舍的创新，是古人未曾发现也没有总结到诗词格律中去的、汉语固有的声律美。（详见拙作《老舍文学语言的土与洋》，载1988年第3期《外国文学研究》）今人作诗词，应当充分发掘并运用这一四声调节法则，以丰富和发展汉语诗词格律。

传统的诗词格律，是包括四声（平上去入）在内的。不过它是把上去入合起来当作一个声调——仄声来处理。这样，仄声与阴、阳二平声之间，就构成了一对平与非平的声调矛盾。因此将平与非平两种声调作有序均衡的交错排列，便会构成抑扬和谐的声律美。传统诗词的格律口诀，就是建立在这一声律美基础上的。但是，千余年来，似乎无人进一步发现，包含在仄声里的上、去二声，其实也是一对声调矛盾。上声字是低降升调，去声字是高降调。若将汉字声调值分为五度，则上、去二声的调值图像是：

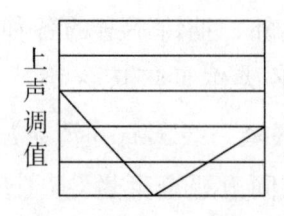

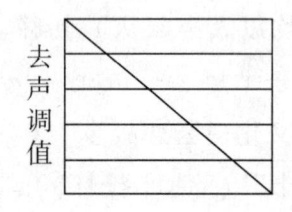

上述上、去二声这一对声调矛盾，千余年来被隐藏、统一在仄调中，始终没有被人重视，直到现代才被语言大师老舍第一次发掘出来。

传统的诗词口诀，以"仄"代替上、去二声调，而"仄"字又是去声，所以，人们背得滚瓜烂熟的那些平仄口诀，实际等于平去口诀。字面上的"平平仄仄平平仄"，念在口头上，听在耳朵里，其声调都是"平平去去平平去"。这样一来，本可以用来与去声相调节的上声，便被排除在诗词格律之外了。例如诗词口诀中的仄起句式"仄仄平平仄仄平"，若在句中某一平声处下一上声字，格律上这一句就成了"仄仄仄平仄仄平"，或"仄仄平仄仄仄平"，念出来的声调就成了"去去去平去去平"，或"去去平去去去平"。这就是所谓"孤平"之病（指前一种），听起来的确别扭，因为一长串高降调之中只有一个平声居间调节，太偏枯，不平衡。但若将那个上声字不是变成读作去声的"仄"，而是按它的本来的低降升调放进那个句式里，那么，念在口头和听在耳中，其声调就是："去去上平去去平"，或"去去平上去去平"。推而广之，还可以有"平上去去平平去"、"去去上上去去平"、"去去上平上去去"……总之，在两个高降调之间，插入两个非高降调，或二平，或一平一上，或二上，都可以造出抑扬和谐的声律美。如此，我们就发现了一条诗词格律新法则——以上代平，上去调节。例如"日进斗金宿梦圆"（去去上平去去平）、"情场亦贵诚和信"（平上去去平平去）、"起跑线上小儿童"（上上去去上平平），按它们的实际声调念出来、听上去，都不别扭，但若将它们通通变成平仄口诀一念一听，就别扭了。为什么？因为那个对高降调起调节作用的低降升调上声字，被偷换成失去调节作用的"仄"字而读作高降调了。

祖宗传下来的规矩，是科学的，当然必须继承。若有不尽科学，不够完美处，后人就要进一步使之科学化、完善化。泥古不化者亡。

自度曲源流

所谓自度曲，就是在宋词元曲的各种词牌曲牌之外，另起炉灶，自我发挥而写成的词曲总称。因此，人们把自度曲当作对宋词元曲格律的革新，甚至定为现代诗词格律的创新之路。

但是，不论宋词元曲，每一个词牌曲牌，基本上只有一种固定格式和固定的字数句数（允许略有变化伸缩）。自度曲在一万个作者笔下，则可能是一万种格式，一万种字数句数。这种格式高度自由和字句多少长短不拘的统称为"自度曲"的韵文作品，其实就是自由词曲。它是词曲，因为它的句法符合传统词曲格律；它又是自由的，因为它摆脱了一切传统词牌曲牌的固定格式和字句长短的束缚，任由"自度"者自由挥洒。这种自由词曲，其实起源很早，所以今人再写这种自由词曲，已经很难称为创新了。

第一个创作自度曲的词人，恐怕要数北宋仁宗朝的柳永，其次是徽宗朝的周邦彦。如果把作为自由词曲的自度曲视作对传统词曲格式的突破与革新，那么这种革新运动应当是发生在北宋词坛，并在南宋词坛获得进一步发展。这一革新运动的主将就是精通音乐兼文学的柳永、周邦彦和姜夔。以宋长调词牌《木兰花慢》为例。顾名思义，这个词牌应是将唐乐府短调《木兰花》延伸为长调的结果，正如《摊破浣溪沙》乃是将《浣溪沙》的每一阕末增加一个三字句。但在《木兰花慢》中，人们却根本见不到本应成为此词牌基础的《木兰花》的半点踪影。今将这两个词牌各举一例如下：

十年五岁相看过，为似木兰花一朵。九天远地觅将来，锁将后院深处坐。

又见蝴蝶千千个，由住尖良不敢坐。傍人不必苦相须，恐怕春风斩断我。

——（晚唐）无名氏：《木兰花》（据《敦煌歌辞总编》）

拆桐花烂漫，乍疏雨，洗清明。正艳杏烧林，缃桃绣野，芳景如屏。倾城，尽寻胜去，骤雕鞍绀（红青）幰（车幔）出郊坰。风暖繁弦脆管，万家竞奏新声。

盈盈，斗草踏青，人艳冶，递逢迎。向路旁往往，遗簪堕珥，珠翠纵横。欢情，对佳丽地，信金垒罄竭玉山倾。拼却明朝永日，画堂一枕春醒。

——（北宋）柳永：《木兰花慢》

从发现最早的无名氏《木兰花》看，可知这个词牌的命名，就是根据这支曲子词的内容而来。（一说据五代词人欧阳炯《木兰花》中之"同在木兰花下醉"句而来，误）它在晚唐应是相当流行的。否则就不会有五代的韩偓、韦庄、欧阳炯等十位著名词人竞相为此词牌填词。入宋以后，《木兰花》依然十分流行，词人中用此词牌填词者也极多。

但是精通音乐而又酷爱自创长调的柳永，由于具备了兼乐曲创作与曲词创作于一身的条件，于是他写了上面那首词牌虽挂靠《木兰花》，而曲词与《木兰花》实风马牛不相及的《木兰花慢》。这是地地道道的自度曲。不过那时柳永也许自创乐曲不少，若笼统名之曰自度曲，点歌者与唱歌者都将无所适从。故每支自度曲须各新立一个词牌，以供选择，于是顺手牵羊，将《木兰花》拉过来补上一个"慢"字，以示区别，安在前述那支曲词上面，作为新词牌。也许，柳永在度曲时，利用了《木兰花》音乐中的某几个乐句，加以改造，发挥补充，而成为一个创新的长调，所以他才如此命名。即使如此，《木兰花慢》对《木兰花》来说，仍然要算自度曲，因为二者的曲词在格律上截然相反。《木兰花》的曲词仍然保留着早期曲词的绝句特征，基本应视作两首七绝，即由8个七言律句共56字组成。《木兰花慢》不但有101字，几乎长了一倍，而且在格律上它偏与《木兰花》的7字句式唱反调。其中2字、3字、4字、5字、6字、8字各种句式都有，唯独不用7字句。特别是，《木兰花》的七言律句基本上是二二三、四三等组合句型，三字尾特别鲜明。《木兰花慢》则多为一字领起和双字尾句型，初步显示了宋词长调不同于唐五代词的格律特色，由此可以想见，上述两首长短、格律大异其趣的曲词，要用同一支乐曲来唱，是绝对唱不好的。

由于有了柳永自度曲新声在前，后之来者，凡精于音乐的词人，便都仿效起来，最著名的要数南宋姜夔，其《暗香》、《疏影》二调，更是不折不扣的自度曲。他在《暗香》题下系一小序云："辛亥之冬，余载雪诣石湖（即范成大）。止既月，授简索句，且征新声。作此两义，石湖把玩不已，使工妓隶习之。音节谐婉，乃命之曰《暗香》、《疏影》。"这就是说，度曲创词，均由白石一手完成，而且比柳永更进一步，连词牌也不挂靠传统，而是依词意另立新名。

总之，自度曲在宋词最繁荣的时期早已产生。那时的自度曲是地道的名实相符的自度曲，即曲（音乐）与词（文学）由一人完成。入元以后，许多文人利用杂剧曲牌填词，但也还有精于音乐者于各种曲牌之外，写自度曲，那也是曲与词完成于一人，是名副其实的自度曲。再往后，宋词元曲的音乐渐渐失传，流传下来的曲子词作为文学遗产，成了文人们在书斋中欣赏吟哦并仿作的纯文学读物，再也没有谁会把他们欣赏的古典曲子词被之管弦，更不会有谁把自己写的自由化曲词配乐演唱。从此以后，新创作的自度曲转化为纯文学作品，成了有名无实，只有词没有曲（音乐）的格律化自由诗词了。

如果我们承认，作为韵文形式之一的自度曲，是宋代词坛的创新，那么自金元以后，这一韵文形式的千万次重复出现，就理应称为传承了。怎能把每一支自度曲，由于字句长短各不一样，便称为一次又一次创新呢？自度曲，由于篇无定句，句无定字，它是一个无穷大开放系统。如果乙篇比甲篇多一个三字句，丙篇比乙篇少一个四字句，诸如此类，那么只要花三五天背熟诗词格律口诀，人皆可以成为现代诗词格律创新能手了。基本格律不创新，只在字句数量上作加减法，能叫创新吗？创新是质的飞跃。

横侧远近高低法

作诗有三阶：初阶吟格律，中阶摘辞藻，上阶谋意境。

凡学诗者，均必由初阶入，但不一定能升入中阶，更不易升入上阶以窥堂奥。眼高手低，是人的通病。说说容易，做起来难。假设百人同时入初阶，大约花10天便把格律背得滚瓜烂熟，比小学生背乘法口诀不会更难。接下去，就是找词句往格律里塞。在此阶段，学诗者的全部工夫就是削足适履，千方百计要把搜来的词句之脚，塞到那双格律之鞋中去。这时他的"创"点全在格律，所以，吟格律是必不可免的第一阶段。谁嘲笑小学生吟格律，便是嘲笑自己的童年。假若学诗者在此阶段从削足适履进入了左右逢源状态，便会渐渐推敲辞藻了，于是顺理成章地进入了摘辞藻的作诗中阶。摘辞藻的最大特征，就是拾人牙慧，搜罗成语。写父爱便称"老牛舐犊"，写爱情便称"三生石上"，赞空间艺术便称"栩栩如生"，赞烟花夜放便称"万紫千红"，如此等等，某诗刊常刊登读者来函，自述他们读诗时圈圈点点，抄精句摘妙句，目的是为改变自己以大实话入诗的现状。这正是进入中阶的特征。百人吟格律，大约百分之九十九都能升入中阶，但要升入上阶，可就百不一二了。原创性意境不是现成的客观存在，不是寻寻觅觅圈圈点点能得到的。意境是诗人的创造，心裁，"无中生有"。律绝有律绝的意境，长篇叙事歌行也有长篇叙事歌行的意境。作诗要用横侧远近高低法，长篇叙事歌行更应如此。有闻必录，巨细无遗，而不知剪裁取舍；只知有正，不知从各种侧面去烘托，去照应，去映衬，去反衬；只知有赋，不知比兴；等等，美妙独创的意境如何出得来？其结果，写短章就直奔主题，写长篇叙事歌行便止于叙事，面面俱到，成了账房先生挂的流水账。东坡说，"赋诗必此诗，定知非诗人"，指的就是这种情况。当今，某些长篇叙事歌行，其实是五何俱全而七情皆缺的罗列事件的押韵报道而已。

　　一首长篇叙事歌行的意境，要靠诗人别具慧眼的剪裁，别开生面的结构，以及叙事为经、描人写景抒情为纬的匠心编织。叙事诗绝非一味的有事必叙。白居易的《长恨歌》和《琵琶行》是这方面的典范。试想，《长恨歌》若不是从杨玉环一朝选在君王侧写起，而是自她的襁褓阶段写到死，那将成为一篇何等乏味之作！又试想：白氏叙李杨爱恋之事，若不穿插蜀山蜀水和太液未央之景，李隆基垂泪断肠之情，以及海上仙山之神话，岂不也是一篇乏味之作？《琵琶行》写琵琶女和诗人自己的不幸，既不从琵琶女的自幼学琵琶写起，也不从诗人自己的坎坷身世写起，而是用的倒叙法，从诗人与琵琶女在浔阳江头相遇写起。先叙琵琶女为诗人弹琵琶，然后由琵琶女自叙其身世的由盛而衰，诗人自叙其"同是天涯沦落人"的谪宦生涯。这样便把两个神似形不似的人物的坎坷经历，紧密地结构在一个特定的时空里（"浔阳江头夜送客"）。反之，如若从琵琶女"本是京城女，家在蛤蟆岭下住"，原原本本，一直写到"老大嫁作商人妇"，最后诗人联系自己的遭遇，发几句同情并自伤的感慨，岂非散漫之极？又假若白氏在叙事的过程中只写琴娘弹琴之事，而未穿插美妙绝伦、移情入乐的音乐形象描写，以及枫叶荻花，秋江秋月等移情入景的景物描写，岂不也是一篇枯燥之作？

　　此外，王安石的《明妃曲二首》，更是只剪取王昭君一生出汉、入胡的两个场面展开描述，却极尽横侧远近高低地渲染烘托之能事，感人至深，当时就引来梅尧臣、欧阳修，乃至政敌司马光的唱和。

近览李旦初《红豆歌》、《麓山行》、《信鸽吟》诸作，凄婉动人，以为颇近香山歌行之神韵。时下出了不少号称精品的长篇叙事歌行，未知其中有几许剪裁精当，主次分明，结构巧妙，叙事委婉，人物生动，想象丰富，比兴独创，景美情浓，因而脍炙人口之作？

东西（相声）

题记　成此文时，陈良运教授已经作古，谨以此文献给陈先生在天之灵。

甲　干吗去？

乙　买东西。

甲　你说话怎么古色古香的？

乙　买东西怎么古色古香啦？

甲　韩愈在一千多年前就说过"东西"，你今天还说不是古色古香？

乙　你把根据拿出来。

甲　听着！

《初上微机降鼠标》："一点精灵把我欺，我搜东来你飙西。老子若不降伏你，尊你为猫我服低。"新题材，新事物，新意趣，完全是古人从未道过的今人话语。（摘自2005年第4期《中华诗词》陈良运文章《话说"活色生香"》）

《初上微机降鼠标》"我搜东来你飙西"是"古人从来未说过的今人话语"，不确，韩愈《庭秋》的"朝日出其东，我常坐西偏"，彼此十分雷同。（摘自2005年第11期《中华诗词》孙孟

明文章《"活色生香"与"古色古香"的辩证关系——兼与陈良运先生商榷》）

乙　照这么说，还有比韩愈更早的呢。孟子在两千多年前就说过："东面而征西夷怨，南面而征北狄怨。"

甲　这说明"东西"到韩愈时代就古色古香了。

乙　不确。"东西"在孟子时代早已"古色古香"了。《诗经》里说："我东曰归，我心西悲。"况且韩愈的后面说"东西"的还多得很呢。

"东边日出西边雨，道是无晴还有晴"；毛泽东说："东方不亮西方亮，黑了南方有北方"；连当今著名诗人丁芒的《推磨战术》也是"雷同"韩愈："敌进村东我出西"。还有……

甲　别说啦，你这么东一榔头，西一棒子。……

乙　咦，你自己说话怎么也古色古香啦？

甲　啊！可不是，现如今不张口则已，一张口就非得古色古香不可。

乙　这不叫古色古香，这叫传承。只有那些已经从现代生活中消失了的事物，因此也从现代汉语中退出了的古代汉语。例如：打更、投壶、担簦、举案之类，谁若袭用这类字眼来借代现代生活，才算古色古香，也叫复古。譬如以"举案齐眉"去形容今日小夫妻或洋夫妻感情融洽；袭用"进士及第"借代今日的考取国家公务员；袭用"致仕还乡"借代今日的退休或离休；等等。至于传承，则是对今天仍然有用的优秀传统文化的继承，这与文学创作复古是性质截然相反的两码事。说到传承文明，其中有一大批千古不变的两极对举词汇，构成了活在人们口头的现代汉语的基本词汇。诸如：东西、南北、天地、古今、阴阳、日月、寒暑、君臣、父子、夫妇、老幼、生死、美丑、真伪、上下、左右、高低、轻重……

甲　得得得，你还有完没完？

乙　早着呢。我最后还要告诉你一件事。中国当代有一位青年作家，本名田代琳，男，广西壮族自治区作家协会副主席，全国青联委员，第十届庄重文文学奖得主。他的笔名就叫——

甲、乙（合）东西！

夏五《老少年集》序

夏五是我的老战友。1949年年底参军之后，我们在同一张地铺上睡过觉，在同一口行军锅里吃过饭，在同一块山坡上开过荒。不过，他健如蛮牛，我瘦似羸马，因此他老当劳动模范戴大红花，我却只有替他整理劳模材料的份儿。他长于吟咏，我雅爱风骚，因此我常常是他的第一个读者。那首脍炙人口的《怕睡那头歌》在《诗刊》上发表以前，我就读过他的手稿，颇叫我三月不知肉味。

一个大清早，笃笃笃一阵敲门声。门开处，有"关西大汉"，当门而立。他就是年逾六旬的老战友夏五。我开门见山："你来得不巧，我今天上午要出席一个会议。"他坐定之后，也就和盘托出："我的诗集被作家出版社看中，找你写篇序。""我的序，作家出版社会接受吗？""怎么不会接受？你是我的老战友，又是文艺批评家。"我无言以对。虽已多年不涉诗评，然而这一回义不容辞了。

夏五的诗集行将出版。他这个山野诗人不找名人作序，却找到我这末流的诗歌爱好者头上，可见他没有借阳光以充月亮的想头。不拜五侯，不谒名流，一切靠自己努力奋斗，这是我做人治学的一贯之道。夏五与我同声同气焉。宁可靠自己的一百分努力出书一本，不可假名流的一纸推荐出书一百本。夏五的《老少年集》，就是依靠自己毕生锲而不舍的追求，终于脱颖而出的一本书。这扎扎实实的一本，胜过徒有虚名的一百本，经得起真正行家的推敲，粗识文字者也能欣赏。

40年前，我爱读夏五的诗；40年后，我更爱读夏五的诗。

我爱夏五的诗史。夏五的诗，写出了一个爱国知识分子的"天路历程"。他赤心向党，百折不挠，尝尽人间酸甜苦辣，而"葵藿倾太阳，物性固难夺"。不仅仅是由于我与夏五有过"与子同袍"之谊，才被夏诗引起共鸣，我想，凡是当代的爱国知识分子，都可以从他的诗里发现自己类似的经历和体验，类似的苦辣酸甜。

我爱夏五的诗魂。所谓"老少年"者，我想大约出自苏东坡"老夫聊发少年狂"一语吧。但东坡不过"聊发"一次而已，夏五则是把他的整个老年生活当作少年过。量变引起质变。"老少年"三字透露出诗人那不服老、乐观而自强不息的灵魂。老人高唱《少年行》，这种"老""少"的对立统一，本身就是一种耐人咀嚼的诗意，何况更出之以炉火纯青的诗艺呢！

我爱夏五的诗艺。俗之所重者夏轻之，俗之所轻者夏重之。他的名片，标举了一大串头衔：学生、店员、军人、教员、工人、农民、诗人，唯独有意地漏掉了那许多人求之不得的副教授、客座教授、特约研究员等。他做人做得别致，作诗也做得别开生面：诗品即人品。不能说他的诗首首都好，但《老少年集》中别出心裁之作颇不少。夏五曾写过一篇《唐体诗与群众文化》的文章，经我手签发在《理论与创作》上（我一度任该刊副主编，现已辞职）。文中颇欣赏群众文化口语中之合格律者。现在翻阅《老少年集》手稿，才发现他自己的诗里这类诗句极多。如"都言我对婆婆好，不是婆婆是爱人"（按：湖南中老年男子呼其妻曰"婆婆"），"最怕娇妻严执法，罚我今宵睡那头"等，语至浅而格律至严，信手拈来而诗味极浓，直逼唐人"早知潮有信，嫁与弄潮儿"诸名句。

但愿江郎长不老，好教彤管四时花。

是为序。

1991 年 7 月 3 日于长沙明星里

从两段引文看评奖失误

2002 年春，中华诗词学会与无锡红豆集团等四单位，联合发起七夕"红豆相思节"诗词大赛，对获奖作品予以重奖。事情已经过去半年，但由此引发的争论，至今余波未息。我对各方争鸣文字大多未看。不过我是《中华诗词》的读者，兹就这家刊物对大赛的报道，提出我对大赛的一点看法。请先看下面两条引文。

> 发起者在征稿启事的评奖办法一栏承诺："所有参赛作品，一律隐名、编号，由诗词专家组成的初评组进行初评，然后复评、终评。"（见 2002 年第 2 期《中华诗词》封三）

> 但实际评奖的操作过程则是："先由……初评小组进行初评。……计评出入围作品 250 首。一律隐名、编号，重新打印，交由评委会终评。"（见 2002 年第 5 期《中华诗词》）

对照上述两段引文可以看出：根据评奖办法，本应在进入初评之前，先将 11 万来稿一律隐去姓名，然后进入初、复、终三评；而实际操作程序则是：初评选出 250 件以后，才对此 250 件一律隐去姓名，进入终评。初评 250 件入围作品，是在亮着姓名的条件下选出来的。

这样，实际操作过程不但违背了征稿启事中承诺的公开、公平、公正原则，更重要的是，初评小组有了将他们心目中的"大家"、"名家"、"新秀"、"好友"送进入围的准获奖圈子之可能性。一旦入围，才大有正式获奖之可能。有一个时期，高考录取新生舞弊就是如此。有的工作人员口袋中带着名单，到招生办录取新生。这是公开的秘密。"红豆"评奖之有失三公原则，也是在这个初评的关键一环，出了工作人员有可能带名单挑入围作品的漏洞。尽管当事人信誓旦旦：没有舞弊没有私心，但评选工作程序违背了评奖办法的三公承诺，却是铁的事实。

我在这里不是批评任何评委和众多获奖名家有什么舞弊行为，我对评选内幕一无所知，没有发言权。我仅仅从《中华诗词》2002年第2期和第5期的两段文字的对比中，发现了评奖程序违背了评奖办法承诺的三公原则这一事实而已。

如有不当，欢迎批评。

2003年5月于长沙

关于楚辞《招魂》作者的质疑

要弄清《招魂》作者是谁，首先要弄清招魂是怎么一回事。招魂，是原始社会传承至今的一种治病救人的巫术。古人相信，人生病是魂不附体的结果，只要脱体的灵魂回归，使之与肉体附合，立即病愈。所以，招魂活动是人类在生命垂危时的求生欲望的强烈表现；招魂活动必须在求生主体，即病者所在处展开。（参见拙著《中西宗教与文学》第七章第二节"离魂与招魂"）

《招魂》作者是谁，西汉王逸早已明确指出，是屈原的弟子、楚大夫宋玉。但明以后有人另倡新说，认为《招魂》作者应当是屈原，《招魂》是屈子自招己魂。此说所据，也许就是《招魂》小序中开头的那个"朕"字，朕，我也。文章既用第一人称开篇，想当然就是屈子自述了。我相信，自王逸以后的大批学者，毫不怀疑《招魂》是屈原弟子宋玉所作，而不为开篇那个"朕"字一叶障目是有其深刻内在原因的。试想，若《招魂》果是屈原自招己魂，则该赋内容与屈原当时所处客观环境和主观思想感情为何大相径庭？

首先，屈原被放逐之后，流浪于沅湘一带，最后投江汨罗。若《招魂》是屈原在临死前自招己魂之作，则屈原应向其魂魄呼吁，前往汨罗江畔与其肉身会合，绝无呼唤其灵魂去郢都故里之理，但《招魂》分明是呼唤屈原回归郢都。

其次，屈原被放逐之后，自始至终，主体思想就是投江自尽。"已矣哉！国无人莫我知兮，又何怀乎故都！既莫足与为美政兮，吾将从彭咸之所居！"（《离骚》）他早已断绝了重返郢都的幻想。"宁赴湘流，葬于江鱼之腹中；安能以皓皓之白，而蒙世俗之尘埃乎！"（《渔父》）即使《渔父》非屈子原作，但其反映的思想倾向是《离骚》的再现，十分明确。他自离开郢都直到投江之前，始终抱定一个"死"字，丝毫不曾动摇。若说《招魂》是屈原临投江时自招己魂，岂不是他又不想死了？他又怀乎故都了？他终于违背初衷了？……总之，若《招魂》作者是屈原，那么只此一篇，便把此前的全部屈赋通通否定了，而历史上也就没有三闾大夫投江一说，以及后世的龙舟竞渡之俗了。

现在，不妨回头再思考王逸确定《招魂》作者为宋玉，以及千古学者对此说置信不疑的理由。

第一，小序中以"朕"领起数语，不应视作屈原自述，而应视作宋玉对屈原《离骚》自述内容的概述，特别是应视作宋玉以代言体，即以第一人称仿其所述人物屈原的语言思想，申明为师招魂的原因。但更可能是后人仿拟《离骚》口吻而加上去的伪文。

第二，《招魂》与另一篇宋玉所作《九辩》是姊妹篇，因为这两篇辞赋的内容前后相续，都是作为楚大夫的宋玉对楚王的讽喻。《九辩》为师辩诬。"岂不郁陶而思君兮，君之门以九重；猛犬狺狺而迎吠兮，关梁闭而不通。"说明屈子是受小人挑拨而蒙冤见逐的。《招魂》则是继辩诬之后的预期结果——平反复职，归郢返里。二赋因果相续，是宋玉为营救其师而惨淡经营的一部整体创作，不容分割。

第三，在《招魂》里，宋玉充分发挥辞赋的神思，想象顷襄王读了他的《九辩》之后，幡然悔悟，将屈原召还郢都，恢复了原职原待遇。但由于屈原只身在外流浪已久，归来后心力交瘁，魂不附体。为拯救恩师性命，故吁请上帝命巫阳为屈原招魂，使之与预想中平反归郢，但却半死不活的屈子肉体相附合。只有这样，屈原方能健康地继续为楚王效忠。《招魂》正是将上述想象逼真地预演了一番，以讽谏楚王。然而，不幸的是楚王始终不悟，屈子终于投江，千古悲剧于是酿成。

梦湖诗话
诗魂与诗眼

诗须有魂有眼。何谓诗魂？立意是也。凡奇思妙想，别出心裁，避实就虚，推陈翻案，呵佛骂祖，嫁鬼娶仙，均诗魂之所系。何谓诗眼？炼字是也。凡妙语、俏语、憨语、反语、石破天惊语、荒唐怪诞语、匪夷所思语、想入非非语，均诗眼之所系。诗无魂，则通篇呆滞；诗有魂，则全篇灵动。诗无眼，无以令读者击节叹赏；诗有眼，必能使读者拍案叫绝。初学诗者，往往率尔操觚。或抒常情而情外无寄，或写常景而景内无情；意味索然，无魂之作也。或出言平实而无片澜，或语同嚼蜡而无星火，无眼之作也。何为有魂之诗？曰："花值青春能再放，人归黄土不重生。仙凡若许通邮电，寄上萧郎未了情。"（《悼亡》，见1998年第5期《中华诗词》）古今悼亡，多立意于寻梦，此诗则建构于通邮电，另辟新途也。何为有眼之诗？曰："日暖桑麻光似泼。"此一"泼"字，令人耳目一新，日光凌空照射桑麻之状，极富动感矣。

空　白

诗有以言外之意，象外之旨取胜者，只言"非是"，不言"应是"，即是一格。譬若："多少事，欲说还休。新来瘦，非干病酒，不是悲秋。""旧时天气旧时衣，只有情怀，不似旧家时！""此恨不关风与月。"诸如此类，均为适例。

余近作《小百花女子越剧团赞》诗云："惊呼天上降仙娥，眸剪西湖两片波。唱做虽然都是戏，笑謦胜似百支歌。"齐公谓我曰："三四两句，索然寡味。"余反复吟哦，亦觉如此。盖此十四字乃一推理句，所言不过平常之理，语尽理穷，了无余味。次日，齐公曰："为尔觅得新句：一曲《红楼》不是梦，世间苦乐总成歌。如何？"余乍闻"不是梦"句，顿感新意。第以"总成歌"句相续，遂将"不是梦"之谜底揭穿矣，岂非蛇足！余沉吟再三曰：第三句绝佳，然不可道破，宜留一想象之空白，供读者反复咀嚼寻味，故不妨以"满场齐洒泪滂沱"作结，从"不是"句宕开，终不道破"应是"为何物。读者九十九，"应是"九十九，接受美学遂有用武之地。如此则言有尽而意无穷矣。

韵分今古

自1994年秋至1997年秋，余竭残生余力，草成六十万言《中国宗教文学史》。自度此作，前无古人，必获学术出版二界之青睐，遂将书稿寄交中国社会科学出版社。未几，该社副总编宋立道先生赐函称：拙著系亏本书，要求著者设法提供补贴资金四万八，方可付梓。余多方奔走，一无所获，乃赋诗解嘲云："三秋伏案喜书成，出版筹资白发增。炒股背时亏老本，折腰何处觅新朋？儒冠摇笔终身误，纨绔挥金万斛轻。佛祖果然教再世，晨昏长拜孔方兄。"

某日茶余，与齐公芝田闲话，谈及此诗。

公盛赞之余，谓第三联尚可推敲。次日，公忽赐电话，称渠已为拙诗第三联觅得佳对。余急奔齐府。公含笑相迎曰："儒冠潦倒一瓢饮，纨绔风流万斛金，何如？"余曰："今人作今体，虽不必尽依平水韵，至少须分十三辙。今公所改固佳，然'万斛金'之韵脚属人辰辙，与原诗中东辙韵脚相左，奈何？"公事先未顾及此，然亦未忍割爱，乃曰："将全诗改押人辰辙。"于是二人各搜胸臆，顷刻赋成。诗云："三秋伏案成书喜，出版筹资白发新。炒股背时亏血本，折腰何处觅财神？儒冠潦倒一瓢饮，纨绔风流万斛金。佛祖果然教再世，买通玉帝做和珅。"一题二作，各有所长，妙语解颐，录以备忘。

通篇构思，一贯方佳

余读《湘泉之友》报，有感于怀，遂以湘泉美酒拟美人，做《南乡子·颂酒》二首。其一云："竹叶青，女儿红，怎似湘泉无限情。相思一段何时了？真巧！席上相逢香袅袅。"其二云："玉杯倾，眼朦胧，今日开怀莫负卿。卿卿岂是人间造？绝妙！合是观音瓶内宝。"词初成，甚自得意。后再四吟咏，忽觉第二首之末三句以宝喻酒，设想固奇，窃非以人拟酒之初衷。前后构思，彼此轩轾。遂复吟哦数日，将二首之末三句易为："卿卿合是花仙友，知否？滴入尘寰权作酒。"改毕，将两首诗余连贯诵读数过，仿佛香风徐来，有白衣仙子自纸上升起。余心遂安。

诗不厌改

吾有《迎雪》诗云："北风一夜酿寒浓，梦入冰山瑟缩行。晨起推窗山尽雪，白头翁对白头翁。"某日，与友人齐公芝田谈及此诗，颇以结句为得意。公曰："结句固佳，然前三句平平，有凑数之嫌。"余曰："依尊意则当若何？"公曰："若前有'青丝'之类字眼作铺垫，便佳。"余闻教而喜，连连称善，遂易第二句为"梦里溜冰发正青"，与结句"白头翁"云云形成反衬矣。诗不厌改，诚有以也。

梦湖与招魂

昔余旅居西湖之畔七日，风光旖旎，无以释怀，归来遂名吾斋曰："梦湖"。自是花朝月夕，余每神驰湖上。何处"柳浪闻莺"，何处"三潭印月"，历历如在目前。当此之际，余辄拈管抽笺，欲赋数章，以慰名湖之恋。第香山《忆江南》之作，千载而下，脍炙人口。后人续作，岂可堕其窠臼？以是之故，余踌躇十余载，未曾写得一字。后获国成先生华翰，垂询斋名梦湖之缘起，余作答云：昔日下榻湖滨七日，遂失吾魂于杭，永不克收矣。此语甫出，余蓦然发现：若以"招魂"主意，撰一新词，则梦湖恋湖之情，岂不尽在其中？遂挥笔疾书，赋《清平乐·西湖招魂》云："断桥偶步，人返魂长驻。梦里招魂魂不顾，翘首问伊何故。伊道情不由人，花娇水媚山欣。况有蹁跹风柳，教侬哪得脱身！"

忆自1983年旅杭归来，十数载于兹，一字未得者，实乃未曾构得别出心裁之意境耳。新意结胎，新诗遂呱呱坠地。

作诗三避

作诗有三避。一曰避古人，二曰避时人，三曰避本人。避此三人，是为创新之作矣。古人宜避，人皆知之；时人宜避，亦人皆知之；唯本人宜避，多不为人所道。昔荆公有"春风又绿江南岸"之名句，极佳。荆公自鸣得意之余，多次重复其意，遂见诟于后来诗家。吾《春雨》诗有句云："千山晓雨空飞翠"，余亦甚自得意，以为"飞"字灵动，诗眼也。后作《晚宿庐山》诗，复有句云："暮云飞白穿窗去。"夫前有"飞翠"，后有"飞白"，足见作者之贫于炼字，捉襟见肘矣。推敲数日，易"飞翠"曰"飘翠"，以避其重。越数日，吾又作《黄果树瀑布》诗，有句云："万斛珍珠落上苍"。齐公谓此句令人油然想起青莲之"疑是银河落九天"句，"落"字宜改。公建议改"落"为"飞"。余曰：改"落"以避古人，固当。然公之所改，复令仆堕入本人窠臼，奈何？斟酌再三，改"落"为"洒"。至是"千山晓雨空飘翠"，"暮云飞白穿窗去"，"万斛珍珠洒上苍"。三句各自一面，庶几不落自家窠臼矣。

作诗三阶

何谓诗艺三阶？曰：初阶吟格律，中阶摘辞藻，上阶谋意境。古今诗家，无不自初阶始，历中阶而登。然而克凌上阶者，百不一二，是何故哉？盖上阶之理易晓，而臻于上阶之才情难得也。余自髫龄入初阶，继而入中阶，至弱冠以后，渐悟上阶之理。此后为之鼓吹阐发，为之殚精竭虑，于兹五十春秋矣。然而余未尝敢称余诗已臻上阶。今检视诗篋，汰其平平者仅得百余题，千载而下，亦有三言两语传诵于世乎？未可知也。愿与天下诗朋词友共勉之。

成语与独创

读时下报刊诗词，多有以成语入诗者，懒汉诗词也。尝见某刊载《满江红》词，成语连篇，号称创作，实则述而不作，炒现饭也。仆虽不敏，然每有所作，尽力避成语而远之。昨夜戏赋《水台》诗云："电剑雷锤劈夜开，风咆雨啸破窗来。欺人无位亦无党，淹我阳台作水台。"此作诚非惊人杰构，然亦近诸创辞创意。盖摹写雷电风雨之成语多矣，不假思索，即可得之顷刻之间。然余别觅新辞，自创"电剑雷锤"（叠韵）、"风咆雨啸"，以新读者耳目，庶几接近创辞乎？雷电风雨，破窗而入，本自然现象，非人事耳。今余戏称雷电风雨亦如俗子，专欺白衣白帽，借以批判世俗社会之势利观念，庶几接近创意乎？若避难就易，不求独创，但拾现成，则以"电闪雷鸣"、"狂风暴雨"、"欺人太甚"三成语滥充之。果如此，则全诗味同嚼蜡矣。

翻用成语

成语者，众口一词之谓也，语言化石之流也。凡成语未成成语之初，皆古人创新之辞；一经传诵千古，遂成僵化之成语矣。故今人作今诗，不宜径用成语以偷懒。然若反其意而用之，则陈词滥调翻出新意。毛泽东词有"人生易老天难老"句。"人生易老"，老生常谈，近乎成语也，本无新意，然续以"天难老"，则难易对照，令人耳目一新。拙诗《喜迎双千年》首句云："千载难逢今易逢。"盖学毛词句法耳。

弃旧创新

诗词系语言艺术。"语不惊人死不休"，少陵此语，道破诗词创作之要义。弃旧创新，乃出语惊人之一法。凡叙一事，咏一物，写一景，抒一情，均应力避成语名句。夫成语名句者，千古流传，老少咸知，人云亦云，毫无惊人之效果。譬如：描绘建筑则"拔地而起"，称颂艺术则"栩栩如生"，赞美英雄则"叱咤风云"，讴歌领袖则"宵衣旰食"。凡此种种，作者不假思索，张口即来；读者亦不深思，顺流而下，此皆与少陵背道而驰者也。

余昔有《无题》诗云："老夫聊发少年狂，一瓣心香寄五羊。梦里惊鸿犹似昨，斜晖脉脉意长长。"当初构思之际，首先冲开记忆之门者，"老夫"云云是也。借稼轩以道我胸臆，实乃轻而易举，随手拈来。凡熟读稼轩者，无不知也，无不能也。某日，一友人索阅旧作，至《无题》而仰天长笑曰："先生毋乃古今大盗乎！"余闻而愧，悔当初之偷懒而顺手牵羊，遂罹今日之诮。客去，余立反复推敲，吟成"白头聊效少年郎"句，以代"老夫"句，虽不及稼轩，庶几可免识者一笑。

化腐为奇

诗不宜滥用成语名句，但不妨化腐为奇。若引古今成语名句，略加点化，顿生新意，则如佛家所谓转世灵童者也。易安居士《如梦令》之"绿肥红瘦"，千古绝唱，寰宇共知。若袭用此语以写晚春，安得不落效颦之讥？今有诗家，步易安原韵作《如梦令》，以刺商界贪官云："今日碰杯声骤，畅饮西洋名酒。生意问何如？却道今不如旧。知否？知否？早已私肥公瘦！"（见1998年第五期《中华诗词》）旧韵新词，旧题新意，腐草为萤矣。又有家常语、公文语、街头谚、口头禅之类，其为大众熟知之程度，亦不在成语名句之下，若配搭出新，亦成警策而生惊人之奇效。有刺腐败者云："一纸批文成暴富，几多积案化轻烟。"（见同期《中华诗词》）"一纸批文"为常语，一旦与"成暴富"相接，顿成惊人之句："几多积案"，亦常语，一旦与"化轻烟"

相连，顿成警语。

出蓝胜蓝

余昔有论诗诗云："旧体新诗一母生，创辞创意古今崇。陈言岂是惊人调，窠臼空传鹦鹉鸣。"此盖大略言之，不可一概而论。有巧用陈言而顿生新意者，自当别论也。重庆彩虹桥垮塌，丧生者四十，就中武警战士十八名。蔡淑萍赋诗云："血色黄昏河绝梁，绵绵人祸岂胜防。彩虹桥作奈何渡，四十冤魂尽望乡。"（见1999年7月号《诗刊》）"尽望乡"语出唐李益《夜上受降城闻笛》："不知何处吹芦管，一夜征人尽望乡。"李诗写生人望乡，蔡诗写冤魂望乡，二者境界迥异。况蔡诗以"奈何（应作河）渡"作铺垫，俗谓凡死者过奈河桥无不回首望乡而泣，则"尽望乡"实乃水到渠成之笔也。又蔡诗有云："日落西山歌在耳，营房咫尺永难归"，亦军人歌曲"日落西山彩霞飞，战士打靶把营归"之反其意而用之。原词喜境，蔡词悲境。悲脱胎于喜，以喜托悲，则倍增其悲矣。

三位一体

一昨至齐府，齐老太笑曰："又携佳什来乎？"余遂诵近作一首："列车前站去何方？人道潼关古战场。疑是干戈犹未已，晴天飞下碧金刚。"齐公问："题目何谓？"曰："《车过华山》。"曰："若不看诗题，则不知碧金刚何所指矣。"余曰："诗法之妙，恰在诗、题互补。"于是援引古例广而论之。唐朱庆余诗云："洞房昨夜停红烛，待晓堂前拜舅姑。妆罢低声问夫婿，画眉深浅入时无？"诗题作《近试上张水部》。盖以新嫁娘借喻赴试士子谒见试官也。此诗深得诗、题互补之旨。不独诗、题须当互补，诗、序亦当互补。余曾为某报作《南乡子》二首，题下缀以小序云："小儿归自加拿大，家宴洗尘，老夫试酒。"词之首句曰："竹叶青，女儿红，怎似湘泉无限情！"及至见报，小序已被改作"小儿自加拿大归，家宴喜饮湘泉酒"。夫"湘泉"二字，既见于词之首句矣，则序中重出，岂非蛇足！盖诗词之道在于精，题、序、诗三位一体，不得彼此重言也。

删律为绝

余昔论诗云："诗不在多而在精，将军胜算是奇兵。"此非空泛之论，实乃有感而发也。唐诗为吾人之楷模，然亦未必无可斟酌者。以《唐诗三百首》而论，其中律诗佳作如林，第亦有删律为绝则更佳者，不可不知也。白居易《草》云："离离原上草，一岁一枯荣。野火烧不尽，春风吹又生。远芳侵古道，晴翠接荒城。又送王孙去，萋萋满别情。"自来此诗为人称道，然皆诵至颔联而绝，颈联以下，甚不为人熟知。何以故？盖此诗精粹，尽在颔联。前二联已道尽全诗立意，后二联不过就第四句发挥铺叙而文采平平，无动人之笔。刘禹锡《西塞山怀古》云："王濬楼船下益州，金陵王气黯然收。千寻铁索沉江底，一片降幡出石头。人世几回伤往事，山形依旧枕寒流。从今四海为家日，故垒萧萧芦荻秋。"此诗古今对照，前二联怀古，后二联叙今。然怀古不必古今对照，况诗中精彩，尽在怀古，而叙今之语平平。若删去平平，至"千寻""一片"，戛然作结，而不令人叫绝者，吾不之信也。亦有可留首尾二联而更集中、更精炼、更动人者。韦应物《寄李儋元锡》云："去年花里逢君别，今日花开又一年。世事茫茫难自料，春愁黯黯独成眠。身多疾病思田里，邑有流亡愧俸钱。闻道欲来相问讯，西楼望月几回圆。"白居易月夜怀兄弟诗云："时难年荒世业空，弟兄羁旅各西东。田园寥落干戈后，骨肉流离道路中。吊影分为千里雁，辞根散作九秋蓬。共看明月应垂泪，一夜乡心五处同。"皆属此类。亦有掐头去尾而留颔颈二联，则更集中、更精炼、更动人者。王维《辋川闲居》云："寒山转苍翠，秋水日潺湲。倚杖柴门外，临风听暮蝉。渡头余落日，墟里上孤烟。复值接舆醉，狂歌五柳前。"此诗中间二联，自成一境，人闲日暮，情景交融。首尾四句，尽成闲文。古人有云：绝句者，截句也。诚非妄言。

好诗在诗外

陆放翁课子诗曰："汝果欲学诗，工夫在诗外。"至理哉，斯言也！身处象牙之塔，日诵坟典之篇，定无惊世之作。颂党诗词，年年"七一"，见于各类媒体者，何止千万！然而令人一唱三叹，过目成诵者，百不一二。近读欧阳鹤述清华大学地下党活动之《临江仙·组织公开会》（载 2001 年第 3 期《新国风诗刊》），实乃此类诗词中之翘楚。该词下阕云："乍听一声'同志好'，春雷震彻长空。旧曾相识又'初逢'。征程多少事，都在不言中。"

单线联系，乃地下党组织原则，防止敌人破坏也。百千同学，共读一堂，同居一室，彼此只知其为同学也，只呼之为同学也。一旦全国解放，地下党组织浮出水面，昔日单线接头之学生党员，忽一日荟萃一堂，彼此相见，大有"熟悉之陌生人"之慨，能不惊喜万分！昔日"同学"，竟是今日"同志"！"同学"固"旧曾相识"，"同志"则此日"初逢"也。

以极寻常语，写极不寻常事，其撼人之力，自非寻常可比。此等词作，若非此人亲履其境，安可得哉！

顿 悟

禅宗六祖惠能倡顿悟之说，此后诗论家多有援禅入诗者，意谓学诗浑似学参禅。昔余以为，是乃神秘主义，不屑一顾。近忽觉悟：所谓顿悟者，实乃心理现象之飞跃瞬间也。顿悟何似？曰：十月怀胎，一朝分娩是也。余于电视机前观奥运久矣，每欲赋诗以颂吾炎黄健儿，然屡屡苦于不得佳构而作罢。一昨夜深，就寝甫卧，脑际倏忽闪现一景：国歌奏起，国旗升起，金牌璀璨，泪眼模糊。当此时也，满身睡意，立如风扫。余自语曰：此非吾十余载求索欲得未得之佳境乎！乃稍事推敲，成诗一首。诗曰："义勇军歌徐徐起，五星旗帜冉冉升。金牌灿烂她胸口，珠泪模糊我眼睛。"诗题作《难忘那一刻》，画龙点睛也。

传承与创新

学古人而不落窠臼，法时贤而不涉剽窃，均贵在翻新与超越。前人称杜诗无一字无来历者，即此之谓也。余尝举苏轼学牛僧儒之一例。牛诗曰："香风引上大罗天，月地花宫拜洞仙。具道人间惆怅事，不知今夕是何年？"苏词则曰："明月几时有？把酒问青天。不知天上宫阙，今夕是何年？"人多知此词源于李白《把酒问月》，而此词之另一艺术源头为牛诗，则知之者几无。其实，苏牛二作之传承关系，一望即知。然牛诗写天仙不知人间今夕何年，苏词则倒过去，写人间不知天阙今夕何年。苏词善推陈出新，于此可见一斑。（详见拙著《中西宗教与文学》第358—369页）

今再举王安石学白居易一例。白氏《题灵隐寺红辛夷花戏酬光上人》云："紫粉笔含尖火焰，红胭脂染小莲花。芳情香思知多少，恼得山僧悔出家。"王安石《春夜》云："金炉香烬漏声残，剪剪轻风阵阵寒。春色恼人眠不得，月移花影上栏杆。"二诗均写春色恼人，然白诗戏僧而王诗则抒诗人之主体感受，一谐一庄，情趣迥异。若王亦仿白而戏道，岂非东施一个？今人之见古圣时贤佳什而欲私淑之者，何妨于此参酌一二？①

奇人奇诗

诗品人品俱高者高，然亦有未可因人而尽废其诗者。余读诸家唐诗选，未尝见录刘叉诗者。叉，何许人耶？曰：斯人少任侠，使酒杀人，亡命。会赦，出乃折节读书，能歌诗。闻韩愈纳天下士，投门下。后以争，语不能下宾客，遂持愈金数斤去。曰：此谀墓中人得耳，不若与刘君为寿。遂行，不知所终。（事见《全唐诗》卷395）观其言行，不足为训。是其诗不得入诸家选本之症结所在欤？然观其诗，似亦有一二可取者焉。其《烈士咏》与《姚秀才爱予小剑因赠》二诗，堪称唐诗上品。

《烈》诗云："烈士或爱金，爱金不为贫。义死天亦许，利生鬼亦嗔。胡为轻薄儿，使酒杀平人？"此诗显系作者忏悔之作。论者每曰：诗忌说理。然事有未可一概而论者。此诗皆理语而字字闪电，句句警策，撼人心魄。且"天亦许"、"鬼亦嗔"皆移情入物，寓理于形。使吾人亦欲作理诗，曷不于此参悟之？

《姚》诗云："一条古时水，向我手心流。临行泻赠君，勿薄细碎仇！"此诗以古水喻剑，导出二三两句。"流"、"泻"二字，化静为动，绝妙！结句言志，寄诗人之期望，蕴作者之忏悔。论者每曰：诗须形象思维，须独创，其《姚》诗之谓欤？

语曰：文如其人。刘叉诗，任侠之诗也。

---

① 近翻唐诗，罗隐《春日叶秀才曲江》有联云："春色恼人遮不得，别愁如虐避还来。"如此，则王诗所本，当系罗诗，迹近窃矣。

懒汉歌诀

诗人作诗，每有述及吟咏之事者。杜甫云："新诗改罢自长吟"；李白云："借问别来太瘦生，总为从前作诗苦"；孟郊云："吟安一个字，拈断数茎须"；方干云："吟成五字句，用破一生心"。诸如此类，不胜枚举。一自有唐以至近现代，凡以诗体述吟事者，未尝有径引平仄口诀以代之者。今则不然。不仅时或有之，其甚者，至以整句口诀"平平仄仄平平仄"之类植入诗中。作者不以为非，编者不以为怪，何也？

仆尝谓作诗有三阶，下阶吟格律，中阶绘辞藻，上阶创意境。此所谓下阶，乃指以非诗化语言填入平仄口诀而无美言佳意。至若径以平仄口诀入诗，无乃更处下阶之下者乎？若口诀亦可谓诗，则凡能背诵口诀者无不荣获诗人桂冠矣。复何用独创为？若口诀亦可谓诗，则前述李杜诸家语，皆可代以口诀曰："平平仄仄自长吟"，"仄仄平平作诗苦"，"平平平仄仄，拈断数茎须"，"平平平仄仄，用破一生心"。苟如是，则艺术个性各有千秋之佳句，通化作雷同一响矣。

美在整体

诗有秀句，有警句，然亦有不可句摘而整体见佳者，其佳不在一词半藻，而在于至情、至性、至理、至慧而感人至深者也。一翁《北京抗击"非典"竹枝词》（载2003年第8期《中华诗词》之《献血》）云："英英北大一新生，出院两天献血清。抗体虽微能救命，鸿毛不比泰山轻。"末句以"泰山"相对照，将全诗提升至哲理之境，堪称警策。若无此句，难免平平矣。反之，其《巡视》一绝云："便装巡视到基层，总理亲来查卫生。北大食堂吃午饭，莘莘学子笑盈盈。"通篇家常话，警语秀句全无。然而读毕,人民总理爱人民之深情,溢于言表。字面无"爱"而爱自何来?曰:爱在与民共进午餐之情景中,此前颂歌,未之有也。或如恩格斯所云:倾向自场面中流出也。再如杨山虎《菩萨蛮·买蜂窝煤》(见前刊)云:"开门瞅见人流泪,送煤不慎摔些碎;本可挣三元,反赔两块钱。看他煤满面,不觉心头颤。收起进门来,全依原价开。"送煤本为微薄力资,今不挣反赔,以至于"人流泪","煤满面"。若读至"不觉心头颤"而有心不同颤者,窃以为定非人心也。此等美在通篇之作,虽满纸口语、俗语、街谈巷议语,然较之某些堆金砌玉、列锦铺绣而空洞无物之"大作",宁非出乎其类拔乎其萃者欤?

天下第一想

作诗须构思立意。构思立意须想人之不敢想,想人之未曾想,每赋一诗,皆作天下第一想,方可谓之独创。——自20世纪50年代人类创造太空飞船,至今半世纪矣。诗人咏唱,不绝如缕。1962年余作《卜算子·中秋赏月》有云:(嫦娥)"欲往东方探故园,且待飞船接。"取古代神话与现代科技对接,40年前尚属创新。然而时至今日,已无新意。何则?盖自吾国神舟号飞船升入外层空间以来,人类造访蟾宫之作,一时纷出,众想一途,遂使昔新今旧矣。余反躬自问:此种旧想宁无突破之途以出新乎?沉思数日,觅觅寻寻,终得一绝。诗云:"神舟载客度天门,仙客招来涉外婚。星外女奔曹国舅,许飞琼嫁外星君。"诗题曰《星际联姻记》。此作熔华夏仙话与世界科幻于一炉,中西合璧,未审我吟坛咏友,允下一"新"字否?

一花五叶

时下谈诗者,每称某作佳处,尽在某修辞格之运用。夫修辞者，修饰辞藻以美视美听之谓也。诗乃美文，自当美其辞。然而若不美其意，则辞虽美而流于空泛矣。虽然，美辞毕竟未可废也。是故修辞之道，古今骚人无不利用之。余一昨赋《赠诗侣》云："昔步诗坛两鬓青，吟成一字一丝生。早年早是满头雪，今夏今闻千丈冰。"此诗末句，含修辞格五种。第一，此句同前句构成对仗，属对偶辞格；第二，二"今"构成有序重复，属反复辞格；第三，"今夏"对"千丈冰"形成反衬，属映衬辞格中之对衬式；第四，"千丈"夸饰白发之长，属铺张辞格；第五，"冰"借喻白发，属借喻辞格。上述见解，乃诗成后之理性剖析，创作之初，则未尝计较使用何种修辞格式方可成为佳作，更无修辞格使用越多则诗越佳之皮相观念。盖诗意之美，不可无辞藻之美之助；然而辞藻之美，固未可替代诗意之美也。

诗有三创

诗有三创：一曰创辞，二曰创意，三曰创派。就单篇作品言，须创辞创意；就毕生写作言，则须创派。派者，自成一家，独树一帜之谓也。模仿古人，傍人门户，自不难登堂入室；然终不如独立门庭，自我作古为上。是故白石老人曰："学我者死。"

以古今中外为师

余每见新诗写家称道旧体诗词，特鲜有旧诗写家称道新诗者。昨览诗论，有道新诗诗人于沙之《大红灯》"颇具童趣美"者（见2005年第二期《中华诗词》），余以为慧眼识珠，遂据该诗论介绍于氏原作创意，戏吟七绝一首。诗曰：

扶孙学步向东行，车似春江鸭阵迎。

蓦地娇娃指旭日，拉翁止步曰红灯。

题曰：《交规模范遵守者》。于诗创意之妙，全在小儿误红日为红灯，余皆烘托之辞。于兄吾师也。此七绝若传，著作权当属于沙。旧诗写手梦湖不得侵权！余不独以新诗佳作为师，亦以广告佳作为师；不独以语言艺术佳作为师，亦以时间艺术与空间艺术佳作为师；不独以国人佳作为师，亦以洋人佳作为师。"然则先生之师果系何人欤？"曰：余师古今中外而已。陋哉，故步自封也！

真情附丽于形象

读好诗，如闻韶乐，如饮参汤，如茉莉沁心，如醍醐灌顶，其兴也何如！其快也何如！余近览蔡若虹《蝶恋花·哭长婿梁子勇》（载2004年第10期《中华诗词》），有是体味焉。此作美子勇之为人"心热"，而以"百炼炉中一块通红铁"描绘之；叹子勇之英年早逝，而以"烂漫枝头惊落叶"比拟之；状翁婿之情深，而以"不是亲儿还比儿亲切"之正反颠倒语渲染之；哭翁婿之永别，而以"良宵怕看团圆月"之美景反衬之。总之，一切景语皆情语也。情本不可见，附丽于景而呈于眼前矣。情，景，诗，画，一理也。昔人有云：观摩诘画，画里有诗；味摩诘诗，诗中有画。画家蔡氏诗，其画诗之谓欤！

荷 叶

余《荷叶》诗云："风过荷塘绿浪翻，几枝红艳翠云间。翠云若被风推去，只剩孤红剧可怜。"此诗表层意象：红花有待绿叶扶持；深层哲理：世间万事万物，无不主客相依，作诗亦不例外。一首诗不可孤红一枝，应须红花绿叶，相映成趣。郅敬伟《遥思勃兰特》云："下跪华沙赎国罪，勇将时代一翻新。警钟响彻卅年后，未醒东瀛做梦人。"（载2005年第2期《中华诗词》）此诗起承二句，叙卅年前德国前总理勃兰特下跪于犹太罹难者纪念碑下，为纳粹侵略者谢罪。诗中绿叶也。转合二句，将侵略野心不死之今日做梦人，推出示众，提醒国人未可掉以轻心。诗中红花也。夫前有勇于谢罪之勃兰特作反衬，方令后来拒不认罪者之居心叵测，更凸显于世人眼前矣。设若落笔直奔主题，虽字字句句，口诛笔伐，终不能取代勃兰特之反衬效果也。

一句四改

诗不厌改。余每有所作，力求辞超意拔；虽才情有限，而主观努力未尝敢稍怠焉。少陵曰：语不惊人死不休，良有以也。余近作武夷夕照诗，初云：

赤日将沉半抱崖，一时天地火交加。
蓝溪九曲流红去，半是丹山半是霞。

末句所谓"丹山"，乃点明武夷之丹霞地貌特色。然而两个"半是"云云，令人耳熟能详而生厌，权搪塞之，终必去之。吟哦数日，乃易之为"波是……浪是……"此系"雄兔脚扑朔，雌兔眼迷离"之雄雌互见句法，较之"二半"句式稍具陌生感矣。越数日，忽觉此前之"二是"句法，均系判断句，仍嫌陈旧，遂复吟哦数日，得"水下……水面……"之另一互见句。此时，原初"半是"句中之"半"与"是"二言尽去矣，胸中块垒亦全消矣。又越数日，反复吟诵推敲之余，发觉"水下……水面……"云云，字面无"是"而"是"暗寓其中，仍为判断型。于是又复思改。此次自诗中第三句"流红去"之"流"字切入，衍生出动词"推送"二字。至此，全诗终于定稿，诗曰：

赤日将沉半抱崖，一时天地火交加。
蓝溪九曲流红去，推走丹山送走霞。

别开生面法

诗以意境为主，而立意造境，特忌令人生厌之老面孔，所谓前人窠臼是也。余昔有"晨起推窗山尽雪，白头翁对白头翁"之句，颇以二"白头"而沾沾之。友人曰："尔虽饱学，岂尽读古人诗乎？"余曰："未敢云尔。"曰："既未读尽古人，安知以白头喻雪山为尔之创新？"余无言以对。自后，余每构新作，辄多自当代必有而古代必无之新生活中摄取艺术元素。窃以为取境于当代新生活，实乃避古人窠臼而别开生面之要法也。余《星空》云："一滴流星滑夜空，鼠标搜索走荧屏。漫天星斗传天讯：伐桂吴刚改种松。"以高科技电脑荧屏喻夜空，绝无堕入古人窠臼之虞。结句吴刚云云，亦当代真实人物自伐木劳模转向植树劳模之反映，古人生活中绝对乌有。又如余《桃花映日》云："春风昨夜掀魔毯，亮出桃山一派霞"；《山茶》云："料得花仙应炒股，投资红日日分红。"一以今时魔术状风，一以炒股分红写花，皆当代社会之必有，古代社会之必无，是故允称新构思。夫前人窠臼人皆避之唯恐不及；彼好"袭用"前人意象者，直自投前人窠臼耳。

阍者解诗

某日，余赴湖南省杂技团宿舍访友，行至大门入口处，忽有人自身后追呼"马老师"。余回首巡视，系一陌生面孔。正狐疑间，该人已趋至，乃喜形于色告余曰："先生诗极佳，我已抄录许多。"余方大悟，盖一昨晚间，余曾来此宿舍区传达室，将绝句一册托阍者转交住该宿舍之友人，不料阍者已先读为快矣。余当即告渠，日后赠渠一册。阍者喜出望外，立时称谢。后友人告余，该阍者仅具初中文化。昔白香山诗老妪能解，今余诗阍者笃爱，亦堪慰矣。

绝句与情节

前苏诗人伊萨科夫斯基称：诗不可原地踏步，即使小诗亦须不断前进，质言之，即须有情节。余旧作《谜》、《飘》、《学而》诸诗，均按此说写成。近阅秦中吟主编之诗集《塞上清风》。其中徐继荣《剖腹产趣闻》云："分分秒秒好难熬，手术迟迟不动刀。小子腹中提醒道：妈妈赶快送红包。"诗止四句，而依次写产妇、医生、腹中胎儿三人物，环环相扣，妙趣横生。又祁庆达《问夫》云："得意春风逐笑颜，官人昨日又升迁。娇妻枕上嗲声问：下次要花多少钱？"前二句写"官人"，后二句写"娇妻"，且从此次升迁推及下次升迁，将情节空间自诗中拓展至诗外。然二诗之成功，关键尚不止于构思情节化，且在于末句画龙点睛，有如相声之抖包袱，将此前秘而不宣之"红包"与"花钱"二关键词蓦然爆出，遂收令人惊喜之魔效。此外，《趣闻》之趣，全在第三句。超常之想，诙谐之笔，自是浪漫主义诗家本色。

立足未来 反顾今天

从来多有立足今天展望未来之作，少有立足未来回顾今天之作。二者得兼者，仅见于"何当共剪西窗烛，却话巴山夜雨时"（李商隐《夜雨寄北》）二语。余《核桃》取此"今—明—今"往返构思模式，而出以神话假想、极度夸张语，遂收警世震俗之效。

《梦湖绝句艺术》序言

继《梦湖诗词诗话》问世之后，数载于兹，续有新作，乃于旧著基础之上，增删太半，成此新编。书名梦湖绝句者，盖大略言之，实以绝句为主，兼及众体也。

忆自髫龄，至于耄耋，游方诗国，浪迹吟乡，矻矻孜孜，寻寻觅觅者，唯求临去秋波那一转、务使勾魂摄魄、令人颠之倒之、三月不知肉味之艺术境界也。此等神境，毕生一遇，立登诗界蓬莱。仙才青莲，鬼才昌谷，皆其佼佼者也。我辈凡夫，焉敢望其项背哉？虽然，若自甘沉沦，不求上进，则匪独无补于中兴华夏之咏事，亦且有悖于奉献人生之精神。有鉴于兹，遂不避谫陋，将此心香，捧献读众之前，冀收切磋之效，以弘扬光大吾中华数千载诗词文化之传统也。是为序。

梦湖斋老人谨识
2004年仲夏于长沙

江南音韵谱阳春

毛泽东《临江仙·给丁玲同志》以城、新、人、兵、东、军六字叶韵。此系江南诗人之方言音韵。上述六字在平水韵中分属一东、八庚、十一真、十二文等四韵部。即使词韵远宽于平水韵，按词律亦不能如此 en eng 通押。然江南人听来不以为不协调。盖江南口语 en eng 不分，念 en 如 eng。故今江南籍新诗、歌词与部分诗词作者（含毛泽东、江泽民、蔡若虹诸名人诗词），其作品偶或 en、eng 通押（间或 an、ang 通押）。国学大师闻一多，即使其新诗代表作《七子之歌》之韵脚，亦前后鼻音混用。

若承认此类通押之新诗与歌词之存在合理，则此类通押之诗词之存在亦合理。当代诗词，基本分属三个音韵系统。一曰平水古韵，二曰现代汉语音韵，三曰江南音韵。诗词界大可不必胶柱鼓瑟于唐宋诗词之古音韵格律。关键在于前述毛词之立意构思，确系百不一得之上乘佳作。音韵之古今南北与否，无伤大雅也。原词如下，请大家共同欣赏。

《临江仙·给丁玲同志》毛泽东

壁（壁垒）上红旗飘落照，西风漫卷孤城。保安（解放区地名）人物一时新。洞中开宴会，招待出牢人。　　纤笔一枝谁与似？三千毛瑟精兵。阵图开向陇山（位于陕甘交界处）东。昨天文小姐，今日武将军。

为吟坛把脉

为诗之道，易乎？难乎？若以诗为黄金格律之载体，则易；若以诗为独创意境之载体，则难。

易，盖黄金格律虽严，然以数千年汉语之丰富无比，从中择出三五十字以实之，则易如反掌耳。此所以诗词之市、县、乡、镇、村、组，遍布全国，诗词协会数以千万计，号称诗人者当超过一亿，而所谓星光灿烂之"大家"、"名家"者，亦不知其几何耳。嘻！果吾诗国之空前繁荣乎？李遇春先生不以为然（参见2012年1月20日《文艺报》李氏文章），莫砺锋先生不以为然（参阅2012年8月《中华诗词》莫氏文章），吾亦未敢苟同也。

难，盖诗须戛戛独创。其构思之始也，神游大块，生灭化变，自"无"中造出一个唯我之独"有"来。然后吟哦搜索，斟酌推敲，将此不落前人窠臼、不蹈时流陈轨、不袭自家旧踪之独创意境，以雅俗共赏之辞藻，落实于某一或旧，或新，或严，或宽之格律中。此创作过程，实艰苦异常，若遇灵感闪现，未尝不可一挥而就。若灵感未至，呻吟八九日，一二月，乃至三五载，皆平常事耳。

昔余游八一南昌起义纪念馆，当时满腔激情，极欲赋诗一首，以纪此行。然而全馆万象纷呈，一时竟茫然不知何所措笔，自是结为胸中块垒，十载于兹。今年（2012）某杂志邀余诗赋庐山，旁及南昌。此时，昔日浮现脑际之万象杂呈，已简约精炼为三五意象。余竟迅速从中萃取军旗军号二意象，作为领导与指挥者之化身，一气呵成七绝一首。诗曰："一面军旗烈火腾，一支军号万千兵。耳边恍觉冲锋号，吹亮满城杀敌声。"十年苦孕，一旦呱呱，虽非上乘，亦堪自慰矣。

余昔于而立之年，著《意境、构思与独创》一文（载1959年3月号《解放军文艺》，同年收入百花文艺出版社《谈诗歌创作》一书）。半个世纪以来，继起阐发之学者无数。不意半个世纪之后，竟倒逆而鼓吹黄金格律成风，以为凡诗唯以体现黄金格律为上。若如此，则《全唐诗》泰半均当付之一炬。近阅某刊所载大家名家咏花诗词数十首，无不严守黄金格律，然大多贫于创意，甚有以考据纳入格律者。虽谢才情，且表学问。唯殿尾二小家各有创意上佳之作一首。噫！名人诗词，诗词名人，岂可混为一谈哉！

嗟乎！当代诗词病矣。其格律幼稚病欤？其创意贫血症欤？若此二端，乃当代诗词病之内因；则诗词出版物之权力化（阁员准阁员即大家、官本位排名、交换发稿授奖）与过度商业化（购书优先发稿、书价虚高达数百元），实为外因矣。设若幼稚贫血二病不除，媚权拜金二风不扫，则所谓精品战略者，犹纸上谈兵耳。

呼唤新时代"诗三百"

"天为神州降此童"，业成水月；"江山代有才人出"，岂曰镜花！

2012年1月20日《文艺报》载文指出：现当代诗词，虽总体水平远不及小说创作；然里巷基层，尚不乏佳什。余亦有同感焉。若干见疏于朱紫孔方之诗词作者，失之东隅，收之桑隅，偶或有令人回味无穷而拍案叫绝之作问世。"美人首饰王侯印，尽是沙中浪底来。"良金美玉，讵可多得！非耐心寻觅之淘金淘宝者，难得一见也。余生也有幸，曾数见焉，是故有《晨星》诗曰："星杨刘沈新才子，南北东西众口传。共夸仙授生花笔，竞写龙邦不夜天。"然而老夫耄矣，行将就火。但愿我诗国之淘金淘宝胜似老夫者，来日多多也。果如是，则挣脱权枷利锁而名副其实之新时代风雅颂，自不难指日删定矣。

多米诺效应

指尖轻点，不费吹灰之力，一牌倒下。然而连锁倒下者，十百千万，此之谓多米诺骨牌。农家比屋而居，鸡鸣犬吠，一唱百和，形颇近之，不妨名之曰多米诺效应。冯巩相声"夸老婆"："我老婆一骂，全村狗跟着都叫！"欲夸反讽，是以笑声顿起。刘庆霖名句："踩响满村犬吠声"，将施动之一踩，直接与多米诺效应之"满村犬吠"相接，而略去其第一受动犬之初吠，为读者留下想象空间，遂享誉吟场。此类现象，亦每见于纷繁复杂之社会人事，诸如欧洲之挂牛头卖马肉事件。一旦入诗，便成佳什。

诗须才情创独，神思入妙。摆家常者令人昏昏，炫学问者讨人厌厌。

切　磋

《诗》曰："如切如磋，如琢如磨"。对于经典，亦未尝不可一试。诚如古西哲亚里士多德所言："吾爱吾师，吾更爱真理。"

刘梦得《竹枝词》，深得民谣精粹，通俗清新，一时仿效者竞起，诚诗中蜀锦也。其一曰："山桃花开满上头，蜀江春水拍山流。花红易衰似郎意，水流无限似侬愁。"情景互融，浑然一体，诗中上品。然吟咏再三，窃以为不妨略施点墨，以臻锦上添花。盖此诗前二句借景比兴，烘托后二句由景入情，佳固佳矣；然绝体仅四句，以其二分之一作起兴，未免浪费。若合前二为一，腾出第二句，叙"郎"与"侬"之款洽在先，对后二句"郎"与"侬"之龃龉在后，形成反衬，读者以为何如？据此构意，余试为敷衍成文。诗曰："山桃花红春水流，与郎曾泛蜀江舟。花红易衰似郎意，水流无限似侬愁。"穿越时空，遥呼宾客："吾师在上，其首肯欤？"

对　难

何谓佳对？昔余以为：格律、字面、语法，对仗无不工整，乃可曰佳。尔后细思，苟情景不敌，尚不得称佳也。余少时读旧籍，有以"烟锁池塘柳"征对者，终无人应征。盖此五字偏旁，五行齐备。其属对之难，在于亦须以五行偏旁语应之。余好事，苦思冥想，得五字曰："油增锦案灯"。论格律、字面，似无可挑剔。然"池塘"为联合结构，"锦案"为主从结构，语法扞格。其尤甚者，情景不敌也。

近读《诗刊》乍见一联曰："桐叶飞时风有色，海棠开处月无声"，顿时惊为佳对。盖于格律、字面、语法、情景四端，无不旗鼓相当。久之仔细推敲，若论以物理，则对句偏枯矣。盖风本无色，因飞桐而令人误以为有色；月固无声，不以海棠之开而无声也。由是观之，四佳犹不得称佳，必得五佳也。余积习难改，尝为之另续对句曰："月光幽处鹊无声"。盖"月出惊山鸟"，"明月别枝惊鹊"，鹊栖月光幽处，自不惊而无声矣。然"幽"为状词，与出句之动词"飞"于语法不称。噫嘻！难矣哉，属对也！

有理与无理

诗有天真语，荒诞语，痴情语，愤激语，离经叛道语，惊世骇俗语。总之，无理之辞。然而无理而妙。

白居易诗曰："人生四十未全衰，我为愁多白发垂。何故水边双白鹭，无愁头上亦垂丝？"

辛弃疾词曰："人言头上发，总向愁中白。拍手笑沙鸥，满身都是愁。"

白问鹭，合情合理乏妙趣。辛拍手笑鸥，作小儿态，吐童真语，无理而妙趣横生。一问一笑，有理无理，效果迥异。

"雾行"与"江行"

读某诗刊名家荐诗一首，诗如下：

雾　行

独行恰似茧中人，广宇直疑剩此身。
忽起鸡鸣知远近，茫茫前路有一村。

荐者评曰："语言浅近，但富有哲理，给人一种乐观向上的精神。"就诗论诗，荐评精当。若自诗艺作进一步探讨，则其来有自。兹录唐人一绝如下。

江行（一百首之第二十八）钱起

斗转月未落，舟行夜已深。

有村知不远，风便数声砧。

古今二"行"，构思均以声（砧声、鸡鸣）示形（有村、有一村）。所不同者，古诗先形后声，今诗先声后形。语序相互先后，而构思则一也。

诗不可强作

作诗之道，要在先有妙构在胸，而后方可选辞择韵，精雕细琢，以期成篇。若胸无妙想，万不可勉强敷衍，拼凑成什。虽才华盖世者，概莫能外。李白壮游天下，至黄鹤楼，读崔颢诗，"眼前有景道不得"，遂搁笔而去。白居易除忠州刺史，将沿江入川赴任。时秭归令繁知一先期至巫山神女祠，题诗一首曰："忠州刺史今才子，行到巫山定有诗。为报高唐神女道：早排云雨候清辞。"未几，白果游神女祠，读繁诗毕，遂邀繁相聚，然终无"清辞"以答，未免教秭归令并巫山神女大失所望。观夫时流之号称诗界"名家"者，每常群相宴集于名山胜水之间，并各赋诗数首，刊布于世，以为雅事，然观其所作，除一二略佳外，余多名实径庭。有某诗刊者，尝刊出某读者致主编函，意谓该刊，确有好诗，然而"好诗非名家，名家无好诗"。噫！盖名之于诗，犹毛之于皮。皮之不健，毛将焉附？古青莲、摩诘、乐天、东坡之所以成名，良有以也。一味浪产，焉得令名？至若赖包装以窃名而实不至，或以非诗成名而诗不逮者，徒贻笑于有识之士耳。（参见2012年1月20日《文艺报》李遇春文）。

李孟情笃探秘

青莲《黄鹤楼送孟浩然之广陵》云：

故人西辞黄鹤楼，烟花三月下扬州。
孤帆远影碧空尽，唯见长江天际流。

孤帆老友，已逝遥天；楼阁诗人，犹然翘首。此情此景，何怅何痴！太白此绝，论格律，古、近、拗兼备；而境界悠远，以景结情，含不尽之意于言外，实乃送别诗中千古绝唱。叹轩冕井蛙，高唱黄金伟论；玉堂粉鼻，追攀骥尾和鸣。嗟夫！盖太白笃于友谊，惜别之作极多。然而情超乎斯作者，未之有也。何故？青莲另有一作，可资揭秘。其《赠孟浩然》云：

吾爱孟夫子，风流天下闻。红颜弃轩冕，白首卧松云。
醉月频中圣，迷花不事君。高山安可仰，徒此揖清芬！

孟襄阳终其一生，隐居鹿门，因而赢得李太白众多赠友诗中仅见之一"爱"。盖青莲亦热衷于隐逸之道也。志同道合之根，焉得不结出情痴谊笃之果欤！

至若李孟隐逸之同好，无非有唐一代名士病——"终南捷径"之体现，正所谓同病相怜者。是则又当别论矣。（"别论"参阅拙著《中国宗教文学史》孟浩然、李白条）

三流作手一流诗

有唐一代,泱泱诗国。设若李杜王白,雄踞第一;韩柳小李杜,位居其二;则贾岛方干辈,应屈就其三矣。然唐诗艺术,空前绝后,虽三流诗人,未必尽三流之作。譬如方干,其压卷之作《题洞庭》云:

曾于方外见麻姑,闻说君山自古无。
元是崑仑山顶石,海风吹落洞庭湖。

一派奇思妙想,万分乌有子虚,读来不禁令人叫绝。于是,"狂风吹我心,西掛咸阳树","我且为君搥碎黄鹤楼,君亦为吾倒却鹦鹉洲","斫却月中桂,清光应更多"诸青莲妙语,联翩浮于脑际。虽李生于盛唐,方降于晚唐,而前后辉映,未可轩轾。所异者,此类妙品,李集中极多,而方集中仅此一见。此其所以有流品等第之分也。然吾人于斯可见,诗艺不可无格律辞藻,而诗艺摄魂夺魄之魔媚,又岂在格律辞藻之间乎!

奇联巧对

风马牛不相及,喻事之相去极远而彼此不相干也。属对,关合二事以成双作对也。苟诗家巧运神思仙手,牵合相去万里且万世不相干之二事,结成佳偶一对,则必令人顿生意外之惊喜焉。

晚唐以《二十四诗品》垂名后世之司空图,世但知其人为诗歌理论家,而不知其诗亦有可圈可点之作。其《携仙箓九首》之三云:"迹不趋时分(去声)不侯,功名身外最悠悠。听(任由也)君总画麒麟阁,还我闲眠舴艋舟。"此诗自叙生逢衰世,命中注定无封侯之分,由是引出一联作结。联中之对偶辞"麒麟阁"与"舴艋舟"实风马牛不相及,此二语于诗词中常见不巧,人亦不以为二者有何相干。然而,司空氏竟出意外,将此二物牵来一并,以诠释上句"功名身外最悠悠"。其难得者,不仅语意格律,两两成双,丝丝入扣;且双方均以联绵字(部首偏旁相同之双音词)成对,是故昔之分处而无奇无巧者,今日合之则大奇大巧矣。

诗家灵想偶成,读者会心激赏。语曰:读书之乐乐陶陶,信不诬也。

另类活剥

活剥前人佳作有两种。一曰为文,一曰为情。爱前人之绝妙好辞,如见绝色佳丽,百恋难舍,终至忘义而略加点窜,据为己有。此为文而活剥也。读前人佳作,如见故我,触动私衷,百感难释,遂略加点窜,收为义子。此为情而活剥也。后者如北宋王荆公《出定力院作》:

江上悠悠不见人,十年尘垢梦中身。
殷勤为解丁香结,放出枝间自在春。

凡熟悉王氏力推农业新政近十年,而备遭保守势力反对者,谁不以为此诗乃荆公情不自禁之作?然而,其实此诗乃活剥晚唐陆龟蒙诗《丁香》也。

原作如下:

江上悠悠人不问,十年云外醉中身。
殷勤解却丁香结,从放繁枝散诞春。

借他人酒杯，浇自家块垒。偶一为之，终非本色，未可仿效。虽然，荆公诗自成一家，不以一眚而掩令名也。

波分西子浴缪斯

贺迎辉《偕长沙诗友游株树桥水库》，不可多得之律诗佳作也。首联自"游"之反面逆入，自谓"久蛰诗心"，以长疏渔樵为"憾"，为水库之游蓄势。如黠猫戏鼠，将欲捕之，先故纵之。非擒拿高手，不谙此技。颔联叙初入水源，拈出"溪韵"、"凫言"二小景，特写镜头也。颈联叙舟入湖心，放眼四望："万顷波分西子面，四围屏扭小蛮腰。"恰如戏入高潮，水库之大全景于是出焉。如此宏微互补，巨细相兼，足见作者之匠心独运。至若摹景状物，尤见诗人推陈出新之功力。东坡云："欲把西湖比西子，淡妆浓抹总相宜"；香山云："樱桃樊素口，杨柳小蛮腰"。贺诗"西子面"、"小蛮腰"自苏、白二诗化出，不仅无嫁接之痕，且珠联璧合，非擅长属对者，莫之能也。且颔联为二二三句型，颈联改取三一三句型，节奏富于变化，亦难能可贵。尾联自写景转入叙事，乞水于村姑，与首联"渔樵"遥相呼应。"村姑"者，"渔樵"之属也。

夫唐代律诗，当时谓之"近体"或"今体"。其格律源自六朝骈俪之黏对法则而略加变化。是故律诗艺术，重在颔颈二联，须对仗巧妙，浑然天成。恰似新人一对，来自天南地北，本不相属；经诗家月老，一朝撮合成婚，立成一段美满姻缘，竟似天造地设，亘古如斯。水库诗作者，诗家月老之流也。故其诗作，律诗如此，绝句亦多佳联。愿月老诗人，如椽健笔，为吾诗国，缔造更多美妙韵律鸳鸯。

律古错杂体

杜甫论诗诗云:"王杨卢骆当时体,轻薄为文哂未休。尔曹身与名俱灭,不废江河万古流。"所谓"当时体"者,初唐诗坛律诗格律定型前之律古错杂体也。披览"全唐"及"万首唐人",其初唐律绝中之失黏现象,往往联翩而至。此类"当时"诗体之代表作家,即初唐四杰。唐代"近体"或"今体"律诗,始定型于盛唐。作为律诗格律大家之杜少陵,对其前辈四杰之律古错杂体,如此推崇备至,而对其同时代否定四杰之轻薄文人,予以痛批,实属真知灼见。此所以宋严沧浪论诗,将崔颢《黄鹤楼》署为唐人七律第一。奈何今日粗通律诗格律而奉若神明之香菱辈,诌诗议诗,一味执着于格律,而不知夫诗艺之真谛,乃不在格律而在创意乎?盖诗心十分,一分在律,九分在意。300年前悼红轩主人教导香菱之作诗法,诚宜今日香菱重温之也。

"女校书"

复古与官本位之风,浸淫于当代吟坛。每见以"女史"、"女校书"诸宫廷女官,称今日女性诗词作者,不知夫唐代名妓亦曾有"女校书"之美誉。王建《寄蜀中薛涛校书》云:"万里桥边女校书,枇杷花里寄闲居。扫眉才子知多少?管领春风总不如。"自是"女校书"一语,遂沦为妓女之雅号。今人附雅厚古,欲美翻辱矣。

"诗好官高"

中唐布衣诗人徐凝,一度游幕于忠州刺史白香山门下,和白之作颇多。其《和夜题玉泉寺》云:"风清月冷水边宿,诗好官高有几人?"其时自初唐武德至中唐长庆,已历时二百余载。在以诗取士之唐代，朝野诗人当以千万计。徐生当此诗机鼎盛之际，尚且慨叹"诗好官高"相兼如白忠州者之难得，然则他时焉得不更有甚者乎？

吟坛争鸣录

诗神论诗

伟论煌煌烁古今：诗词格律铸黄金。

诗金五九①归李杜，不在铿锵在意深。

李白投稿

袖（动词）卷（去声）朝辞白玉京，下凡频吃闭门羹。

据云格律含金少，三字尾多三个平。

游　方

名都古镇觅诗踪，四字斗方赠一通。

出手谢仪须大气，采风新训打秋风。

挽　歌

主编主委主风骚，美刺吟坛大拇翘。

重利当头忘美刺，灵魂轻换半箱钞。

---

① "诗金五九"，含金量高达五个九，盖金无足赤也。文学，内容决定形式，形式服从内容。诗词有格律，格律非诗词。当下诗人词家其必欲美诗词以黄金者，曷若曰诗词之美，在于独创性黄金意境耶？《唐人万首绝句选》，精选李杜七绝30首，不符今所谓"黄金格律"者泰半。

戏说诗家不怕鬼，只缘今日鬼重来

20世纪五六十年代，世界反华浪潮鼓噪一时。对此，我国曾出版《不怕鬼故事》以应。此类鬼话，亦有颇富文学韵味者。有笔记小说载鬼话一条云：某宰相，中秋之夜，读书灯下。忽见小鬼现身，头大如斗。小鬼戏曰："三更半夜三更半。"宰相应声对曰："八月中秋八月中。"小鬼曰："相公好大胆！"相公曰："小鬼好大头！"鬼影遂灭。此鬼话中之"三更"、"八月"一联，皆口头语，单说无奇，合则绝妙。盖将风马牛不相关之二口头语，组合成有如天造地设之联语，实属联想创辞。当代律绝中，亦每获一见，皆诗中不可多得之亮点也。

绝句四格

唐人近体绝句者，截句也。截律诗四句而绝之也。其格有四，兹举拙作为例以揭明之。一曰截取律诗之前四句者，例如："合是天门为我开，此身今日上瑶台。暮云飞白穿窗去，涧水摇铃入梦来。"（《晚宿庐山》）二曰截取律诗之中四句者，例如："鸟仗勤飞能觅食，人凭劳动得生财。巨贪脑袋搬家了，百姓腰包鼓起来。"（《致富经》）三曰截取律诗之后四句者，例如："'房叔'捂房终露馅，'表哥'炫表速穿帮。恢恢天网千千眼，看你妖狐哪里藏！"（《网络监察部》）四曰截取律诗之首尾四句者，例如："小小人儿遗大爱，临终捧出角膜捐。昙花一绽匆匆谢，留得光明照世间。"（《何玥》）古今"近绝"，化变万端；嘉卉怒开，新人辈出，然皆无出斯樊篱四堵者。

雅俗互补

当今通俗歌坛奇人周杰伦，颇受某学者之赏识。盖二人之艺术趣味相投也,周氏所作歌曲,本属通俗范畴。然其艺术意境则极近古典。虽如此,周曲之古典并非原汁原味,而以大量陌生化——积极之词语误用穿插其间,从而造成一种朦胧美。例如其《东风破》一曲中,有"相思瘦"一语。瘦,本就人体形象而言者,引申开去,亦可有"绿肥红瘦"之描绘。今周曲"相思"无形"瘦"有形,二者牵合一体,似水火难容。然相思之结果令人腰围瘦损。听者略一思索,对"相思瘦"之积极误用,遂有所悟矣。

语 趣

诗有妙趣语。将某一二关键词作有序重复,乃营造回环语趣之一法。青莲诗云:"古人不见今时月,今月曾经照古人","抽刀断水水更流,举杯消愁愁更愁",均属此类。老友张鹄论倒影诗,援引水滨驴饮诗有句云:"嘴对嘴来蹄对蹄",道人人之所见而非人人所能道。

唐诗中更有通篇对关键词作有序重复者。《万首唐人绝句》中有诗云:"家住闽山东复东,其中岁岁有花红。如今不在花红处,花在旧时红处红。"至若张若虚《春江花月夜》,实乃此类诗中经典。"江天一色无纤尘,皎皎空中孤月轮。江畔何人初见月,江月何年初照人。"诸如此类,触目皆是,早已脍炙古今人口。仆虽不敏,亦未尝无效颦之作。《桂林山水》、《古松》、《狗仔与蜻蜓》、《贺我国太空实验室"天宫"号升空》诸作均是。

诗与外交辞令

子曰:"不学诗,无以言。"此所谓"诗",系特指先秦时代流行于北方社会之四言诗,后经孔子删定305篇,简称"诗三百",即今日《诗经》。此所谓"言",系特指当时上层社会之交际语言,类似于现代所谓"外交辞令"。《左传》大量历史记述,足资证明孔子以"诗"入"言"之论断。然此种诗化外交辞令,不仅见于先秦,今之诗人政治家,亦常有诗化嘉言警句。1972年,美国总统尼克松访华,与毛泽东主席重建中美外交关系,尼向毛赠送国礼——瓷制白天鹅,因运输不慎,折鹅一羽。尼致歉曰,断羽系以胶"接上"。毛慰尼曰:"先生接上者,中美关系也。"尼闻之立喜。周总理送尼登机返美后,向毛主席汇报,称尼临别曰:"吾改变世界矣。"毛曰:"自吾观之,乃世界改变尼克松也。"

附录二

集 评

香港中文版《世界名人录》第十版马焯荣条：其作品以极为凝练的笔墨，烘托出极为深邃的意境和深广的情蕴，凸显了他对生活的深入观察和艺术把握。行文简洁犀利，想象奇特新颖；文字对仗工整，清娴淡雅幽香；语言质朴明达，刻画细致真切。无论是谋篇布局还是遣词用句，都显示了其娴熟的艺术功力，创造性地实现了景致与情怀、现实与历史的和谐统一，自然而然地从多种角度折射出其馨香的品德和高洁的志向。抚今追昔，勇于创新，取得了丰硕的成果和宝贵的经验，撰写了多篇（首）具有较高学术研究价值的上等诗作，在学术界引起了广泛关注，为有关部门和相关研究领域的专家学者提供了理论上的参考借鉴作用，为中国文学事业的繁荣和发展做出了突出的贡献。（世界人物出版社、中国国际交流出版社合作出版）

香港版大型国际交流系列《世界优秀专家人才名典》（中华卷3·下）马焯荣条：诗词创作以绝句为主，兼及众体。诗话、诗论提倡独辟蹊径；力避陈词，尤戒以成语入诗。代表作曾发表于《人民日报》、《光明日报》、《诗刊》。著有《梦湖诗词诗话》、《梦湖绝句艺术》。擅长诗词艺术的研究和探索，注重深入实际感悟人生。抚今追昔，勇于创新，在创作实践中丰富和发展了新的理论，撰写了多首具有较高学术研究价值的精品诗作。不仅凸显了他对生活的深入观察和艺术把握，也从另一个侧面展示了一个诗人在20世纪所取得的创作业绩和向社会奉呈的代表性佳作，为有关部门和相关研究领域的专家学者提供了参考借鉴史料，为中国文学事业的繁荣和发展做出了突出贡献。（世界文化艺术研究中心、中国科技研究交流中心编辑，中国国际交流出版社、世界人物出版社联合出版）

人类主流人物辞库（第86卷）马焯荣条：其作品的艺术特色，是美刺现实主义与宗教浪漫主义的紧密对接，华夏传统文化与西洋外来文化的水乳交融，开创了中华诗史上新时期独树一帜的风格与流派，堪称绝句巨擘（世界文献传媒出版集团出版）

《中华名人大典》（当代卷3）马焯荣条：其作品文字根底深厚，风格独特，意蕴悠远。或奔放豪迈，气势磅礴；或古朴敦厚，绵长隽永；或温文婉约，情浓意真。选材新颖，托物言志，畅抒胸臆。始终坚持先进文化的前进方向，树立正确的世界观、人生观、价值观。传承文明且又敢于突破创新，善于把握文化思潮的主流方向，为中华传统文化的发扬光大和社会主义精神文明建设做出了应有的贡献。

丁芒《序〈性情诗人·中国当代诗人情感写真〉》：马焯荣《捐献器官声明》："一副皮囊成朽木，两排利齿似金刚。匹夫死去无长物，但愿捐牙刺鼠狼。"题材固然未见过，捐内脏、捐眼球者比比，世间哪有捐牙齿的？这不是作者的奇思怪想吗？为什么？因为他切"齿"痛恨世间的硕鼠恶狼。假想，愿望，而以"正经"的"声明"出之，便尤觉其深恶痛绝之情之志，因而更能使读者心灵撼动。（摘自《性情诗人·中国当代诗人情感写真》）

陈良运《话说"活色生香"》：有的作者在诗中造语展现了古代诗人极少见的幽默感，长沙马焯荣有两首绝句，让我读了忍俊不禁。其一《白发骄》："春阳解冻万山青，残雪今朝一扫空。何不扫吾头上雪？只缘吾首是珠峰。"真可谓自我解嘲又有一股倔强的傲气在。其二《初上微机降鼠标》："一点精灵把我欺，我搜东来你飙西。老子若不降服你，尊你为猫我服低。"新题材、新事物、新意趣，完全是古人从未道过的今人话语。这样的诗，倡"古色古香"者可能不屑下笔，但于新事物激发出新的诗思诗情，奈何？（摘自《中华诗词》2005年第4期）

张国鹄《诗中错觉描写初探》："群峰蜂拥奔车前，邀我登高看大千。"（马焯荣《上九华山》）分明是汽车奔向群峰，而在诗人笔下，却是"群峰蜂拥奔车前"。显然，这不符合"物理"。然而，细审起来却符合"心理"。即符合诗人在特定环境中的主观感觉，心理学称此为"错觉"。（摘自《中华诗词》2011年第6期）

张国鹄《诗家语与日常语》："惊呼天上降仙娥，眸剪西湖两片波。"（马焯荣《小百花女子越剧团赞》）。"剪波"确乎"悖理"，然此"尖新"之语，以"炯炯双眸"为视窗，就将越剧女演员的风韵、神采展示得出神入化。"悖论写成好词。"（钱锺书语）信然！"剪波"的妙用，是创造，也有继承。李贺"一双瞳仁剪秋水"（《唐儿歌》），亦是通过象征"双眸炯炯"刻画人物（唐儿）的。（摘自《中华诗词》2011年第3期）

张国鹄《小议诗歌的形象美》：究其实，"绘色"也不局限于摹写自然风光，请看老诗人马焯荣《车过少管所》："行人叹息此园中，桃萎李蔫病小虫。但使园丁如父母，重教红白笑春风。""桃红李白，重笑春风"，这象征性的"绘色"咏叹，寄寓着诗人美好的憧憬，闪耀出崇高的人文关怀精神，着想超拔，感人至深，而其社会意义和美学内涵亦相当厚重，是巧于绘色的精品。

张国鹄《不薄新诗爱旧诗》：留守儿童是改革开放后出现的一个新的群体。这些儿童一时失去父母的抚养和照顾，生活中确乎遇到不少困难。然而，"艰难困苦，玉汝于成"，经过不平凡的历练，这个"新兴群体"较之城市的同龄人，显得更加成熟和干练。这首七绝《农村留守儿童答CCTV记者问》就很好地反映了这种情况。你看，小小儿童，居然堂而皇之答CCTV问，标题中就透出了此中消息。"笑答阿姨"，一个"笑"字，显得从容不迫落落大方。"不想妈"，回答干脆利落，斩钉截铁。为什么？理智上认识到"打拼在外娘为家"，多么识大体，顾大局！然而，这只是一面，理智支配下成熟干练的一面。假定到此为止，甚或沿着这个线路写下去，那将显得有点"矫情"成"小大人"。作者巧妙细腻处更在后两句："篱边语罢无声久，闪烁腮悬一泪花。""篱边"暗示语境（农村），"无声久"，表明感情发展变化有个"酝酿"、"克制"的过程，越显出留守儿童较强的心理承受能力。然而，积之愈久，其发必速。终于再也忍不住了。"闪烁腮悬一泪花！"不过，"一泪花"的"一"字，还在透出"克制"的力度（不是泪雨滂沱），多么乖巧的孩子！多么细腻的笔触！作品以"笑答"开篇，以"泪花"结尾，形成鲜明的对照，真实地写出了幼小心灵里理智与情感的碰撞，细致而深刻地反映了"留守儿童"这个新的群体在社会经济转型时期的成熟与无奈（一种母爱亲情缺失的无奈），具有相当的心理深度，重重地撞击着受众的心弦。据说诗人也是噙着泪水吟成的。

这个作品诗味很浓。什么是诗味？窃以为简言之就是"以情动人"。诗中情感的抒发，基于不同的表现对象和不同的语境，其方式与强度也各有不同：有的奔放激越，有的委婉细腻。这个作品的抒情方式和强度把握得非常到位，它不像庐山瀑布，飞流直下三千尺，而像山岩泉水，涓涓涌流细无声。就这么默默地流呀，缓缓地流呀，流向无边的碧野，流向读者的心田。

作品的表现形式也很考究，比如剪裁便相当巧妙：略去问话，而全以答话出之，因而显得极其凝炼。语言也很鲜活、朴实而且简劲。七绝28个字，表现那么丰富的内容，可谓言约旨丰，颇耐咀嚼。

关于"留守儿童"，媒体多有报道，诗词中似觉罕见。这个作品给诗词园地增添了新的色彩和内涵。诗人这种密切关注社会的政治热情，很值得称道。是的，正是因为诗人目光四射，时刻关注社会，关注民生，故而作品便自然而然跳动着时代的脉搏，流淌着生活的芬芳。（摘自《文坛艺苑》2012年第4期）

论梦湖诗观及其诗词创作
（《天机诗品·评点梦湖绝句选》代序）

邹世毅

马焯荣先生在结束20年比较文学研究之后，自20世纪末期始，又对新世纪诗词的创新问题，进行了长达10年的全面深入思考，并且身体力行，努力于诗词创作，实践其创新理念。有关的文章与诗词，结集在银河出版社出版的《梦湖诗词诗话》、《梦湖绝句艺术》和《梦湖晚笛》三种著作里。他在《梦湖诗话再续》一文里提出的"诗有三创"，即创辞、创意、创派，可以视作他对诗词创新的理论思考及创作实践的总结。

创辞与创意

马先生论诗诗《二创》云："创辞创意古今崇。"此前此后，他还在多处提及这个二创问题，足见他对于写好一首诗在"辞"

与"意"上的重视与强调。

刘勰《文心雕龙·指瑕》有云:"制同他文,理宜删革。若掠人美辞,以为己力,宝玉大弓,终非其有。"这是我国古典文论中最早出现的创辞论。马先生所说"古今崇"渊源有自,故其在《梦湖诗话》中多次反复阐述了这一诗观。列举两条以证:

弃旧创新:凡叙一事,咏一物,写一景,抒一情,均应力避成语名句。

化腐为奇:诗不宜滥用成语名句,但不妨化腐为奇。若引古今成语名句,略加点化,顿生新意,则如佛家所谓转世灵童者也。

马先生所言从新旧正反两面阐述了创辞的辩证关系。旧与新,腐与奇,是矛盾的两个对立面。一般来说,遣词造语,宜立新奇,去腐旧。但在特定条件下,二者又可以相互转化,新奇变腐朽,腐朽化新奇。在诗词创作中,马先生一方面力求使用时新语,避用成语名句;另一方面又常常化腐为奇,点铁成金。前者如《登岳阳楼》(初刊1999年6月21日《人民日报》海外版)将洞庭湖中的君山,比喻为女娲补天时失落湖心的一块"祖母绿",从而避开了前人刘禹锡"青螺"、方干"昆仑山顶石"和黄庭坚"湘娥十二鬟"诸名句。又如《初上微机降鼠标》,将电脑荧屏上的鼠标借喻为"一点精灵",并以街头飙车和股市飙升的"飙"字描述其移动快速,不但新颖,而且生动,被诗论家陈良运誉之为"古人从未道过的今人话语"。后者如《喜逢双千年》首句"千载难逢今易逢",将泛指某机遇难得的"千载难逢"中之时间副词"千载",转化为主词特指"双千年",接着又殿以"今易逢",翻了"难逢"的旧案。腐朽与新奇相互转化,此诗为我们提供了一个典型例证。

此外,马先生还十分强调创意。他援引斯大林的话说,语言是思想的物质外壳。创辞是为了表达创意，创辞创意互为表里关系。二者之中，创意是根本。所以王夫之《姜斋诗话》说："诗以意为主，意犹帅也。"皮之不存，毛将焉附？没有上佳诗意，任何新辞奇藻都是没有生命力的。有鉴于此，《梦湖诗话续篇》里反复强调了创意的重要性。《天下第一想》这则诗话里道及："构思立意须想人之不敢想，想人之未曾想，每赋一诗，皆作天下第一想，方可谓之独创。"

这是对谢榛《四溟诗话》"想头别"的发挥，是创意"古今崇"的证明。在实践中，自谓苦吟诗人的马焯荣先生，呕心沥血，孜孜以求的，首先就是创意。他自云有些题材，在胸中埋藏了五年十载，终于写不出一首20个字的五绝，此并非找不到辞藻，而是没有找到一个独创性的构思和意境。即使勉强写出，也多半新意无多。率尔操觚，不是他的风格。发表于2007年2月号（上）《诗刊》的《清官颂》："贪夫惧你横眉剑，黔首爱君傲雪松。千万平方公里事，尽收方寸一心中。"颂清官不正面叙其清廉，而从对立面切入，叙其反贪之坚定不移，则其自身之清廉不言自明。构思别具一格，令人耳目一新。这位清官是谁？"横眉剑"是其容貌特征，"傲雪松"是其性格特征，"千万"与"方寸"相统一是其职务特征。从题到诗，妙在不点名而名在其中。"不着一字，尽得风流"（司空图《诗品》）。又如其发表于2007年9月号《诗词月刊》的《登杜甫阁》："凭栏杜甫阁，恍见杜甫舟。子美扶窗曰：中华举世讴。潇湘通四海，花果靓长洲。吾憾今方释，廉租千万楼。"诗人避开抒自己观感的老套路，从想象入手，写昔日杜甫舟行至今日长沙时的观感，借老杜之情怀颂今日之长沙。如此突破时空，独辟蹊径的浪漫主义意境，刷新了既往登高诗词构思的旧模式。颔联为流水对，显示了诗人对仗的艺术特色。在马先生的许多绝句和律诗中，都可以随时遇见这种对仗。尾联巧妙地将杜甫的《茅屋为秋风所破歌》与当前大建廉租房的现实联系起来,通过杜甫之口,今昔对照,歌颂了当代"以人为本"的清明政治,可谓水到渠成,与脱离眼前景笔下事而空发感想者异。又如《三春晖》云:"天兢地颤雪纷纷,闺女今朝出远门。娘为女儿买早点,归来止见雪披身。解开棉袄三层扣,掏出胸窝一点心。"明眼人一看便知,此诗从题目到本文,无不是对孟郊《游子吟》的唱和,但构思立意以及与之相应的语言,又无不是自家机杼的现代版母爱颂。尤其是结句的三字尾"一点心",与孟郊的"寸草心"同为双关妙语却又截然相对而言异。"寸草心"喻儿女之心,"一点心"喻慈母之心。二诗主题相同而构思相反。唱和诗怎样做到和而不同,即题材与原作相和而意境别出心裁,于此可见一斑。马先生对创意的刻苦求索,也于此可见一斑。

创 派

恩格斯曾说过,世界上没有两片相同的树叶。一个成熟诗人的标志,就是在一个相当长的创作阶段内,其作品显示出某种稳定的只属于他个人的艺术风格。马氏的所谓"创派",指的就是这种对个人艺术风格的自觉追求。

文学史上有过许多创派佳话。南宋诗人杨万里初学江西派,后来觉悟傍人门庭没有出息,将其千首师法江西派的诗歌付之一炬,从头自创师法自然而清新的"诚斋体",终于赢得同时代和后世读者的一致美誉。时人姜夔就高度评价"诚斋体"作诗"自出机杼","自屈一指",并宣布他是诚斋派:"余之诗,余之诗耳。"(《白石道人诗集自序》)这是我国最早出现的"创派"论。

马焯荣先生在《一个古今中外派》(《梦湖晚笛》代序)里

宣称，在21世纪之初，他"把古今中外风带进了诗坛"。这说明他的所谓"派"，实即区别于一切古人时人的个人艺术风格，而他的个人艺术风格，就是他宣布的融古今中外于一炉的艺术特色。其内涵表现为两个两结合：一是美刺现实主义与宗教浪漫主义相结合，二是华夏传统文化与西洋外来文化相结合。

所谓美刺现实主义与宗教浪漫主义相结合，就是寓美刺于现实的描绘，同时又出之以宗教神话意象，以表现诗人的理想。这是诗人在其《中西宗教与文学》和《中国宗教文学史》里反复描述过的文学现象，也是其诗作中"古今中外风"的一个重要侧面。初刊于1999年7月号《诗刊》的《黄果树瀑布》："沉雷隐隐撼千冈，万斛珍珠洒上苍。古本西游今作续，龙王倒泻太平洋。"就从中国佛教神话小说《西游记》切入，创造出"龙王倒泻太平洋"的新神话，赞美了黄果树瀑布的壮美。《火凤凰赞》："祝融峰下祝融灾，焰锁崇楼谁与开？双十凤凰飞进去，百千生命放出来。"以外国（埃及）神话中的长生鸟火凤凰，借喻我消防官兵，赞美英雄之情溢于言表。《清平乐·西湖招魂》、《清平乐·魂兮归来》、《虞美人·鬼友访谈录》等，不啻韵语聊斋，《美之诱惑》则把读者带入了希腊神话（美杜莎）和基督教神话（蛇—魔鬼）的魔幻世界。这些诗词又都寄寓着诗人对现实的美与刺，以及对和谐完美社会的理想追求。可以说，举凡菩萨仙道，上帝宙斯，无不可以表现诗人对美好和谐的赞颂和对丑恶腐败的鞭挞。

马先生诗作中"古今中外风"的另一重要侧面，是华夏传统文化与西洋外来文化相结合。这是我国近代和现代文学史上早已出现了的文学现象。诗人在其《中国宗教文学史》里已有详尽介绍。因此他在自己的诗词创作中接受这种影响是必然的。例如《黄河颂》："咆哮天地一条河，哺育炎黄无限代。礼义之邦王者风,威仪赫赫金腰带。"以西方拳坛的金腰带,借喻我国的黄河,不仅形象庄严华美,贴切新颖,而且中西文化珠联璧合。例如《延安颂》:"铁塔铁打斜塔斜,延安宝塔最堪夸。问他哪得光千丈?天下目光齐注他。"以巴黎铁塔和比萨斜塔起兴,引出延安宝塔乃世人共仰的革命圣塔,不但表现了作者的赞美之情,也显得中西不同历史文化相得益彰。其他如《印度洋大海啸反思》中的"定海神针"与"潘多拉盒"的对比,《阿Q买头衔》中从"万乘"至尊到"皇帝新衣"的反转,无不是中西文化共同孕育出来的宁馨儿。

马焯荣先生所倡诗作"古今中外风"两个两结合的观念,实际上仅是为了说明的方便,才不得不分开加以论述。若就某一具体作品作全方位多层次观照,往往是两个结合彼此犬牙交错、互相重叠在一起的。在他的论述中还曾将中国律诗与西洋商籁融为一体,试作过商籁七律,如《西湖纪胜》、《浙江首届戏剧节感赋》等。它们看似由14个律句组成的七言排律,又似未分行排列的14行商籁体诗。格律声调符合中国"近体",押韵却是商籁体的单双句交叉协韵法。不过,这种中西古典诗体合流的土洋化合诗,能否为中国老百姓接受,还有待历史的检验。

创 新

马焯荣先生在《一个古今中外派》和《革新一贯我,笑骂且由人》(载《梦湖晚笛》)两文里均自称"诗坛怪物"、"缪斯王国的异教徒"。他自20世纪40年代初习作诗词以来,始终贯彻一个"革故鼎新"的理念。他所提倡的"三创",实即创新。创新,是人类社会发展的原动力。人类自从直立起来,解放前肢,脱离类人猿那天起,就开始了永恒的创新活动。每一次的创新,都将人类社会向前推进一小步。科技要创新才能发展,人文也要创新才能发展。作为人文范畴的当代诗词，要发展，当然也只能走创新之路。

晚唐诗人皮日休说："诗逮吾唐，切于俪偶，拘于声势，易其体为律，诗之道尽矣。吾又不知千祀之后，诗之道止于斯而已耶？"他怀疑，千载之后的诗律会仍然停止于唐。他相信："四时景色各异"，诗律诗体"岂拘于一哉？亦变之而已。"（胡震亨《唐音癸签》卷二）千年前的古人能有如此新变远见，居然坚决相信"发展是硬道理"，这对于当代诗词界不啻一记春雷。马先生有鉴于此，主张创新不但要体现在创辞、创意、创派上，而且要体现在格律上。他的中西合璧式商籁七律的试作，就是这方面的开端。

早在20世纪80年代，马先生就曾系统地研究过语言大师老舍的语言艺术，发表了论述老舍的系列论文，深受老舍敢于创新的影响。后来他在《充分发掘现代汉语声律美——以上代平，上去交错》（载《梦湖诗词诗话》）中指出：老舍"调节声律的原则有二：一是诗词格律的平仄口诀，二是四声调节。前者是传统，后者是老舍的创新"。马氏从老舍文章里发现，传统诗词的平仄二声格律固然形成平与非平、抑扬交替的声律美，即使同属仄声的上声与去声交替，也形成声律美。因此他将老舍的这一新发现引入诗词格律，作为对传统的平仄二声格律的补充。这一发现已经取得诗词界新锐有识之士的首肯。香港中文版《世界名人录》第10版马焯荣条称他"抚今追昔，勇于创新"。中国现代史学会和中国国家博物馆在致其信函中说："《充分发掘现代汉语声律美》一文，立意新颖，结构严谨，内容丰富。"（详见《梦湖晚笛》第82页）马先生力倡"以上代平，上去交错"的新格律论，以补充传统的平仄二声格律，同时也在他本人的创作中加以运用。例如《七十自勉》的"起跑线上我初生"（上上去去上平平)、《恐假症》的"又恐外婆本是狼"(去上去平上去平)等，都是适例。在这些诗句中，由于上去交错形成的抑扬顿挫声律美，句中的"孤平"已不成拗口碍耳的因素了。他在《拗峭与格律创新》(载《梦湖晚笛》)一文中，说明突破"近体"格律，自创拗峭风格的杜牧，早在千余年前"近体"格律形成之初，就已开始了自创新格律的尝试，并取得了成功。唐代以诗取士，官方规定以"近体"格律和"切韵"为应试诗的统一规范。所以当时士子的试帖诗和官员的应制诗，无不严守规范。但除此以外的写景抒情诗，便时有破格。晚唐杜牧，乃是以破格为手段进行格律创新的第一人。今日诗人已无试帖和应制诗可写，未必还要听从李氏朝廷死守近体切韵？所以，马先生的诗作在用韵上一贯采用现代汉语音韵，而不死守平水韵。这一点，也已被当代诗坛许多人士认同。

　　赶上全国各行各业争相自主创新的步调，是国学界的当务之急。中医学早已走上中西结合的康庄大道，现代戏曲早已抛弃一桌二椅的布景，而吸收现代舞美的一切科技手段，国画界已出现了融入油画技法的中西合璧岭南画派，书法界也涌现出大量个性化的书法新作。马焯荣先生的创新诗论及其诗词创作的创新实践，也必将汇入时代创新大潮而波光烁烁，引人注目的。

言微旨远　语浅情深
读《梦湖绝句艺术》

张　鹄

　　马焯荣先生是识深笔健的学者，亦是激情澎湃的诗人。作为学者，有《写作艺术散论》、《田汉剧作浅探》、《中西宗教与文学》和《中国宗教文学史》等学术著作行世；作为诗人，自20世纪60年代以来，在《人民日报》、《诗刊》、《中华诗词》、《长白山诗词》等报刊发表诗词700余首，2004年曾出版《梦湖绝句艺术》（香港银河出版社）。唐诗人杜荀鹤说，"难中难者莫过诗"，我则认为"诗中难者莫过绝句"。绝句是诗中最为短小的一种体式，五言绝句才20个字。短小的外在形态决定了它内在的审美特征——"瞬时性"：瞬间的体验、刹那的景观、一时的顿悟，要让读者在有限中感受无限，从瞬时中妙悟永恒，所谓"片言明百义"，"滴水见阳光"。以其极为短小的篇幅来完成上述重大的艺术使命，这就是"难中难者"的具体表现。然而高手却可"因难见巧"，可不，唐代的王昌龄、王维、李白、杜甫等不都为后世留下了"在泉为珠，在壁为绘"的精美篇章么？诗翁马焯荣绝不让古人专美于前，他殚精竭虑，惨淡经营，也绘制了不少绝句的佳构。这些作品"以极其凝练的笔墨，烘托出极为深邃的意境和深广的情蕴，凸显了他对生活的深入观察和艺术把握。行文简洁犀利，想象奇特新颖；文字对仗工整，清娴淡雅幽香；语言质朴明达，刻画细致真切。无论是谋篇布局还是遣词用句，都显示了其娴熟的艺术功力。"（见香港中文版《世界名人录》第十版，世界人物出版社、中国国际交流出版社出版）

  《梦湖绝句艺术》（以下简称《绝句》）取得如此之高的艺术成就，窃以为其成功的经验乃是"谨遵传统，锐意创新"。在"诗艺"传统方面，马先生服膺所谓"十三字真言"，即苏东坡"赋诗必此诗，定知非诗人"和谢榛的"想头别"（《梦湖诗词诗话·自序》）。所谓"想头别"就是构思新巧、别致；"赋诗必此诗，定知非诗人"当是指对题材的超越和升华，即"由实而虚"。诚然，创作中果能如此，诗作必然亮出新意，不同凡响。试看《重阳登高》：

九九上东山，插花复携酒。
人生须登攀，日日皆重九。

一、二句点题，是"实"，三、四句则化实为虚，抒发人生感悟，令人耳目一新。《易经》云："天行健，君子以自强不息。"《重阳登高》与我国民族精神、传统文化是一脉相承的。王维《九月九日忆山东兄弟》（独在异乡为异客，每逢佳节倍思亲。遥知兄弟登高处，遍插茱萸少一人）咏叹的是骨肉情深；《重阳登高》揭示的则是人生真谛，是发人深省的警句和格言，给人以醍醐灌顶的启示。是的。《重阳登高》的创作实践让我们深深悟出了一条极为重要的诗歌美学原理："诗要表现的不是事物的实在面貌，而是事物的实际情况对主体心情的影响。"（黑格尔《美学》第三卷下册第188页）时下有些诗歌平庸苍白，缺乏深度，窃以为其症结主要在于仅仅"照相式"的写了"事物的实际面貌"（"赋诗必此诗"）而未能深入开掘"事物的实际情况对主体心情的影响"，也就是说，没有写出对生活独到的感悟和理解。有见及此，马先生在创作中总是于写貌图形中着意捕捉客体对自己激起的感情波澜，哪怕是极其细微的心灵悸动也绝不轻易放过，而予以艺术的表现："银潮十里吼如雷，万马昂头江上飞。欲跨一骓巡四海，射鲨斩鳄净边陲。"（《钱塘观潮》）"观潮"的题材，表现出"戍边"的主题，宣泄出诗人可贵的民族意识和爱国感情，寥寥四句，给人以美的享受和感情的熏陶。马先生于20世纪50年代曾投笔从戎，成为一名解放军战士，故而念念不忘"提高警惕，保卫祖国"的神圣职责。由此看来，《钱塘观潮》的感兴就绝不是偶然的。再读读《老兵退伍》吧，对这一点的认识就会更加清晰而坚定："带笔当兵整十年，一朝退伍路三千。烽烟何日还招手？重整干戈再戍边。"

作为学者和文艺评论家的马焯荣,深知"凡是感受不到的东西,对美来说就不存在"(车尔尼雪夫斯基语)。这就是说,美应该是感性的、形象的。因此,《绝句》里描写的艺术世界,总是绘形绘影,有声有色,使读者如见其人,如闻其声,如历其境。请看《郊暮》:

昏黄村落烟,鸭阵晚归喧。
远市灯千点,西山月一镰。

几笔勾勒,一幅气韵生动的"市郊薄暮"图便赫赫在目。真个"诗中有画":"画"中烘托出一种安详、和谐、生气勃勃的艺术意境,让人具体感受到一种和平、幸福、热气腾腾的生活情调,而与旧时的"田园牧歌"迥然不同。

"神韵"是我国古典美学特有的概念,是诗美的集中表现。什么是神韵,前人说得很玄乎,不去管它,倒是钱锺书先生阐述得最为简要而透辟:"神韵不外情事有不落言诠者,景物有不着痕迹者,只隐约于纸上,俾揣摩于心中,犹禅之有机而待参然。"(《管锥编》)怎样才会有神韵,刘勰一语破的:"神用象通"(《文心雕龙》)。诚然,神韵是用形象显现的。试看《西湖弄舟》:"轻摇双桨寻幽趣,欲共湖山朝夕住。四面波光与柳丝,多情洒我一身绿。"好一幅"西湖弄舟"的鲜明图画!西湖风光的优美绝伦,诗人对西湖的倾心相恋,以及那种令人陶醉的"天人合一"的微妙境界,均在"图画"中隐隐透出,正所谓"只隐约于纸上,俾揣摩于心中",这就是此诗神韵之所在。是的,诗歌一旦有了神韵,就会有诗味、诗意和诗魂,使"人挹之而源不绝,咀之而味愈长"。

诗歌的审美特质,自来有多种不同的说法,其中两种说法影响最大：一是"感觉"说，认为"诗只能用狂放淋漓的兴会来解释，它只遵守感觉（直觉）的判决"（意大利美学家柯维）；二是"想象"说，断言"诗是想象的表现"（英国诗人雪莱），"没有想象便没有诗"（艾青）。马焯荣非常通晓此中三昧，常用此二法结撰成篇："一双玉蝶儿，款款琴上舞。妙乐岂琴鸣，声声皆蝶语。"（《观钢琴演奏》）"听琴"，古典诗词中多有描写。无论是李白《听蜀师弹琴》，还是白居易的《琵琶行》，抑或是韩愈的《听颖师弹琴》等，都少不了直接描摹声音。此诗视角则与众不同。诗人凭直觉直接描写弹琴的双手："一双玉蝶儿，款款琴上舞"，借喻别出心裁，画面美极啦！（想头别）然后自为问答："妙乐岂琴鸣？声声皆蝶语"，想象瑰奇别致，氛围美极啦！吟咏之间，真忍不住叫绝。行文至此，笔者陡然想起苏东坡一首"听琴"的小诗："若云琴上有琴声，放置匣中何不鸣？若云声在指头上，何不于君指上听？"琴声究竟发自何处？这个道理，不必深究。"诗有别趣，非关理也。"（严羽《沧浪诗话》）正所谓"诗只能用狂放淋漓的兴会来解释，它只遵守感觉的判决"。只要是用美的形象（意象）写出一种美的感觉、美的情韵，使读者受到美的陶冶，自是好诗。再请看《调李白》：

吾师诗思几般清？端的满腔似水精。
应是举杯邀月饮，月儿和酒入肠明。

此诗成功的奥秘乃在"想象"的奇特。"清水出芙蓉，天然去雕饰。"这是李白称赞韦太守文章风格的"清新"，如芙蓉出水，明媚天然。其实也是夫子自道，李白自己就是这种风格。马先生用"端的满腔似水精"加以形容，更突出了这种风格清明、澄澈的程度，为何会如此清明、澄澈？诗人迁想妙得，出以想象："应是举杯邀月饮，月儿和酒入肠明。"原来是皎月照亮了诗人的诗思。是的，李白诗歌作品中有两个重要元素："酒"和"月"（余光中《寻李白》诗中有"酒入豪肠七分酿成月光"的隽句）。他在《月下独酌》中不是高吟"举杯邀明月，对影成三人"吗？马先生巧用李白成句，再出以新颖的想象，便创造了一种情趣盎然的诗境，以赞扬李白清新的诗风。究其实，这类奇特的想象，古人诗词中并不乏先例，苏东坡曾深情吟唱："山城酒清不堪饮，劝君且吸杯中月"，郑板桥也曾引吭高歌："夜深更饮秋潭水，带月连星舀一瓢"，而《调李白》则有继承，更有发展。苏郑诗中的"饮月"是局部的点缀，只表现一种"情趣"；而马焯荣诗中"饮月"系诗思的"焦点"，表现的是一种"境界"。此外像《中秋怀人》（清辉万里夜阑珊，月到圆时人未圆。哪得人如天上月，乘风过海返家园）、《迎雪》（三首），《秋夜》等皆神思飞越，弦外有音。囿于篇幅，只得割爱。

清代著名诗论家沈德潜说："七言绝句，贵言微旨远，语浅情深，如清庙之瑟，一唱而三叹，有遗音者矣。"（《唐诗别裁集·凡例》）窃以为马焯荣先生《梦湖绝句艺术》里的优秀作品基本上达到了此种境界。

（原载2007年8月号《诗词月刊》）

反常合道梦湖诗

张 鹄

怎样提高诗歌创作的艺术质量？学者兼诗人的马焯荣服膺一代词宗苏东坡"赋诗必此诗，定知非诗人"和明代诗论家谢榛的"想头别"（《梦湖诗词诗话·自序》），并且将它们奉为"十三字真言"。所谓"想头别"，就是构思别致、思想超拔，"赋诗必此诗，定知非诗人"，当指表现过程的由实而虚，即对题材的升华和超越。然而，这些还只是一个美学目标，如何达此目标？又是东坡先生提供了一个可资借鉴的具体方案，那就是"反常合道"。东坡说："诗以奇趣为宗，反常合道为趣。"（宋·释慧洪《冷斋夜话》卷五引）。"奇趣"就是一种特别的情趣和魅力。诗中怎样才能获得此种"奇趣"？东坡以为重要的途径就是"反常合道"。所谓"反常合道"，简言之，就是违背常识的意象，表述合情合理的内涵。从哲学眼光看，"反常"是矛盾、对立；"合道"则是和谐、统一。"相反相成"、"对立统一"是世间万事万物发展变化的规律，也是唯物辩证法的核心。这一规律应用在艺术领域便是所谓"艺术辩证法"，而"反常合道"正是艺术辩证法的体现。作为资深评论家和诗人的马先生毕生研究诗艺，对"反常合道"的辩证原理夙有探索。他在20世纪50年代就曾发表过《意境、构思与独创》（载1959年第3期《解放军文艺》），70年代又发表过《构思的艺术》（载1981年第9期《诗刊》）。所以他自己从事诗词创作时就能得心应手，左右逢源。由"必然王国"迈向"自由王国"。到目前为止，马先生已出版《梦湖绝句艺术》和《梦湖晚笛》两本诗集。诗集一出版，就以他特异的艺术魅力震撼着广大读者。而构成"特殊艺术魅力"的要素之一，乃是"反常合道"艺术辩证法的娴熟运用。

"梦湖诗"中"反常合道"的运用与"错觉"、"幻觉"、"反讽"、"荒诞"和"神话"等结伴而行。

错觉是审美中出现的不符合事物客观情况的错误知觉。错觉可弥补对象的缺陷，使形象变得更加逼真，更富有美感，从而创造一种特殊的美感效应。请看轻车《游海南》：

片片椰林点点鸥，白楼飞过又红楼。

遥看五指横云外，翡翠屏风护九州。

　　白楼红楼怎么会飞呢？显然不合"物理"（"反常"，出人意表），细思方知：这是相对运动产生的错觉：人坐车中，自然不感觉车在飞速前进，倒感觉白楼红楼迎面飞来，这是人人都会有的体验。因此从人的直觉（错觉）来看，又是很自然的、真实的，它不符合"物理"，但符合"心理"（"合道"，入人意中）。这样描写，就将景物写活了，化静为动，化美为媚，显得新鲜而奇崛。再看这首《月下赋别》，窃以为更为迷人：

　　爹亲娘亲月更亲，夜行无处不随人。
　　君今北上我南下，明月分身两地跟。

　　月亮"夜行无处不随人"，这个发现并不新鲜，陶渊明不早就写过"晨兴理荒秽，带月荷锄归"（《归田园居》）吗？这是人所共有的感觉（错觉）。难能可贵的是"君今北上我南下，明月分身两地跟"。这一审美发现，似乎前无古人。马先生具有一双敏锐的审美眼睛：他不光善于从人们的司空见惯但习焉不察的事情上发现美，而且善于从人们未曾察觉的事物中洞见某些微妙之处，并予以美的表现，从而显示出人与人之间、人与自然之间那种高度和谐的美好境界，使人们不得不叫绝称奇。

　　幻觉是审美中产生的迷幻的、恍惚的、不真实的感觉、知觉。审美主体在审美活动中常常会幻化出奇妙的、流动的、虚拟的形象，产生一种渗透着主观幻想、想象、创造的超凡的美感，从而构成新颖独特的形象和意境，造成一种特殊的艺术效果。例如《观翎毛图》："一轴春禽挂内厅，眼儿似瞬翅如腾。扑棱直见它飞下，乞呖咕关绕室鸣。""似瞬"、"如腾"，刻画细腻，含有想象成分，但仍为静态，写实；而"扑楞飞下"、"咕关绕室"则是出以幻觉，化静为动、显示出一种"流动"之势。世间万物莫不具备两种形态：静态与动态，静态是相对的，动态是绝对的。是的，流动中萌发出生命，流动中蕴含着美，是为"流动美"。这正是此诗动人之处。《观画》中的幻觉描写，窃以为更为神妙："咫尺烟霞能几许？怪来神入画中游。招魂千万莫招我，难得余生佳境留。"《观翎毛图》写的是"春禽"飞出画外，《观画》却是审美主体（诗人）化入画中，变成画的一部分，"物我一体"是艺术鉴赏的最佳境界。自然，从科学眼光审视，"人而入画"是绝对不可能的（反常）；不过美学家说"诗是想象的语言"（英·赫兹列特），因而从美学眼光考察，"人而入画"不光是可能的，而且是美的表现，它不独显示了画的高妙、逼真，而且也见出赏画者的痴情、投入。清代诗、书、画"三绝"的郑板桥不也有同样的体验吗？请看《题团冠霞画山楼》："竖幅横披总画山，满楼红翠滴烟鬟。明朝买棹清江上，却在君家图画间。"两位诗人同样忘情地陶醉在优美的画境里，似真似幻，情趣幽然，让受众也分享着他们那份异样的审美的愉悦。

综上可知，错觉、幻觉对于客观事物（刺激量的物理性）来说是不真实的（反常），但对于人的感受（感知量的心理性）来说则是真实的，所谓"外错内真"（合道）。正是这种错觉和幻觉，在审美上揭示了人类真实的内心世界，使难于窥见的内心世界的最深层，也亮出了迷人的外观。艺术原本高于生活，而要高于生活就不能刻板地描写，而应艺术地表现，即雪莱所说，"诗使它触及的一切变形"。我国古代文论传统也向来重"韵"、重"味"、重"神"，而不重"形"。所谓"离形得似"，所谓"作画以形似，见与儿童邻"。由此可以悟出，所谓"艺术真实"，从审美心理学眼光看，本质上就是通过审美知觉（含错觉、幻觉）

所产生的主观的"感觉真实"、"想象真实"和"情感真实"。尽管哲学家不厌其烦地指出，感知经验（含错觉、幻觉）是靠不住的。然而，人类从来未停止过在审美领域去充分发展这种"靠不住"的力量。因为"诗人是人类的感官，而哲学家则是人类的理智"（柯维《新科学》）。而"诗有别趣，非关理也"（严羽《沧浪诗话》），人们深深懂得，艺术是区别于哲学科学的一种特殊的意识形态，艺术如果失去了这一特殊性，也就失去了它独立存在的价值。

　　反讽是艺术创作中，故意使表达出来的东西与所要表达的意思互相对立，以表面言语层次与内在意义的分裂来强化内在意思，达到一种正面讽刺所达不到的审美效果，这就是"反讽"。《进城苦》就是具有强烈反讽效果的作品："促销广告乱眼前，十字街头招架难。奉劝小民须记取：进城先啖摇头丸。"为拒绝扑面而来的促销广告，必须连连摇头不止，但岂能以服用毒品（摇头丸）来达到摇头目的？正话反说，令人忍俊不禁！再看《捐献器官声明》：

　　　　一副皮囊成朽木，两排利齿似金刚。
　　　　匹夫死去无长物，但愿捐牙刺鼠狼。

　　此诗本质上是一首当代《硕鼠》，而写成一本正经地发布《捐献器官声明》，构思颇为独特，刺诗美题，绝妙反讽，一倍增强其讽刺力度，具有深刻的社会意义。对此，老诗人丁芒称："假想愿望，而以正经的声明出之，便尤见其深恶痛绝之情之志。"可谓发其真趣，得其精微。诚然，贪污腐败是人类社会的毒瘤，广大人民群众对此咬牙切齿。行文至此，笔者陡然记起已故老诗人王巨农（首届中华诗词大赛一等奖得主）《自题诗作

〈煨芋集〉》:"自笑诗囚老未休,是铜是铁一囊收。投炉好炼青锋剑,直取赃官项上头。"与《捐献器官声明》比较,题材有别,但题旨、手法却有着相似的逸韵与风神,那就是:共同表现出一切正直诗人"关心国事、悲天悯人"的那种强烈的忧患意识。两诗对读会给读者思想和艺术以极大的启示与教益。

  荒诞是故意违反生活真实性和客观逻辑性,使人产生不近情理、似是而非的感觉。这种手法名曰"荒诞"。它强调夸张和变形,西方称作"佯谬法"。读者在欣赏的过程中,往往先是走入一个"山重水复疑无路"的"死胡同",然后在"情感"和"想象"二位导游的导引下,又会突然闯进一个"柳暗花明又一村"的新天地,从而获得常规生活中难以获得的审美愉悦。七绝《休闲戏语》写道:"茶宜小院花前品,诗待子时月下成。分付挂钟颠倒走,今生今日启回程。"老人躬逢盛世,品茗赋诗,何等惬意!此情此境之中往往容易进出"再活一遍"的戏语。如此直白,这只是"家常话",而非"诗家语"。而"分付挂钟颠倒走,今生今日启回程",突发奇想,浸润感情,则进入了诗的境界,显得新奇、独创,"无理而妙"。自然,从"物理"看,"挂钟倒走"是不可能的,荒诞的(反常)。然而,这只是一种美好的愿望,从"心理"看,又是可以理解和接受的(合道)。究其实,从某种主观愿望出发,强烈地希冀留住时光,这种写法古已有之,至少元代就有两位诗人写过。王实甫《西厢记》中写崔莺莺为了避免与情郎"别时容易见时难"的相思之苦,要"倩疏林挂住斜晖";散曲作家贯云石写情人幽会幻想时间延长,道是:"四更过,情未足,夜如梭,天哪!更闰一更妨甚么?"这些,粗粗看来,似乎荒诞不经,细细体察,其实吐露的均是至情至性,故而都具有极强的艺术感染力,"令无情者心动,有情者肠裂"。

  "艺术来源于生活",这是辩证唯物论文学观的一个根本观点。从这个角度审视，艺术上的"荒诞"有时其实就是生活中荒诞现象的再现。请看《斥地方保护主义》："真唐僧遇假唐僧，真假从来说不清。打假摇身变假打，假包公打真包公。"诗人运用《西游记》和"包公戏"中某些喜剧性情节，巧妙地对"地方保护主义"进行了辛辣的嘲讽，真可谓天衣无缝，妙趣横生。

神话是关于神仙或神化的古代英雄的故事，是古人对自然现象和社会生活的一种天真的解释和美丽的向往。诗的构思中，倘楔入神话故事，即用非人间的超现实的手法抒情写意，就显得想象瑰奇，形象鲜明，闪耀浪漫主义色彩。值得特别指出的是，作为学者，马焯荣先生早有《中西宗教与文学》、《中国宗教文学史》两部开拓性的学术巨著行世，故而在"神话"方面腹笥甚厚。以此入诗，轻车熟路，自然容易取得满意的艺术效果。试看《岳阳楼凭栏》：

栏外洞庭莹似玉，君山郁郁何人竖？
女娲上古补天时，失落湖心祖母绿。

君山，洞庭湖上这颗璀璨的明珠，吸引古往今来多少骚人墨客为她纵情高歌，而《岳阳楼凭栏》则是其中尖新亮丽的一曲。你看，前二句提出一个"天问"式的疑问，后二句则创一新神话作答。问得出奇，答得出奇，荒邈奇逸，出人意表。"祖母绿"的取譬，更是跳出前人"青螺"、"昆仑石"、"湘娥鬟"诸喻窠臼：石破天惊，独呈异彩，给人一种极大的审美惊喜。

除"神话"而外，还有"鬼话"，以此融入诗艺，同样可以酿造"反常合道"的"奇趣"，增强瑰玮、魔幻的色彩。囿于篇幅，姑举一例，请看《恐假症》：

误进假钞三五张,误交婚托假情郎。

回家待告外婆去,又恐外婆本是狼。

一误再误,越误越玄。有如相声艺术的"三翻四抖",路转峰回,引人入胜。(按:一、二句"写实",是为铺垫;三、四句"写意",以童话故事"狼外婆"作结,迁想妙得。)宛如在铺垫的弹跳板上纵身一跃,忽地跃到一个出人意料的高度,强大的讽刺力量便悠然释放出来,给人一种异乎寻常的美感震撼力。就在这"震撼"之中,把"坑蒙拐骗"的不良社会现象酣畅淋漓地端出来。倘非笔健识深,断难臻此胜境。

(原载 2009 年第一期《君子莲》)

附录三

重金求购佚文《同质文化与异质文化》启事

敬启者：本人于1989年5月曾向中国比较文学学会第三届年会（贵阳）递交参会铅印论文一篇数十份，题为《同质文化与异质文化》。这是一篇我在20世纪80至90年代从事平行比较文学研究的纲领性理论文章，大意谓将两个民族、国别的两个作家或两部作品，定为平行比较研究课题，前提是双方具有某些同质文化，这是研究切入点。但二者毕竟属于两个不同民族与国别，故还必须研究双方各自的异质文化。我把上述两个方面，概括为"异中之同"与"同中之异"。2002年，我将20世纪所撰写比较文学论文结集成书，定名《梦湖比较文论》，由香港银河出版社出版。（在比较文学圈内交流，北京风入松书店进书20套）2015年，中国社会科学出版社再版该书，更名《坐标比较文学及其他》。二书均未收入该文。该铅印文稿我曾保存一份，后有圈内同仁索阅。我考虑到此文核心内容在《笠翁莎翁喜剧对读·绪论》和"莎剧与中国戏曲系列比较研究"之《同中之异与异中之同》中均有简要说明，遂将仅存之孤稿寄了出去，未曾收回。事久时长，今已忘记当初寄与何人，为此，特向曾参加贵阳会议之同仁，征购该文稿一份，盼保存此文稿之同仁，将拙稿寄我，酬金千元。收稿地址：41005 长沙市明星里 2 号湖南省艺术研究院。

附录之附录

　　读 2016 年 8 下半月刊《创作与评论》，获悉继中外古今坐标比较研究成为比较文学第三阶段（言外之意即中国学派）之后，又有以中西同异平行比较研究为中国学派之论，并获美国同行学者之青睐。2016 年 12 月 23 日《文艺报》之《书香中国》专栏，载文推介《并世双星：汤显祖与莎士比亚》一书，正是后一中国学派之新著。当此之际，不禁令人哼起刘禹锡《赠看花诸君子》一诗来：

　　紫陌红尘扑面来，无人不道看花回。
　　玄都观里花千树，尽是刘郎去后栽。

马焯荣谨启
2017 年 3 月于长沙

诗箴代跋

诗词不能没有格律，但格律不等于诗词。形式服从内容，格律服从创意。《红楼梦》第48回写香菱学诗。这一小段，值得当今老年大学诗词班、大中小学、工农大众诗词爱好者，以及各种媒体文学副刊编辑们，都好好研读一遍。在这一小段中，曹雪芹通过黛玉与香菱的对话，把诗词中的格律与创意的关系，孰轻孰重，说得十分明白。他说："格调规矩"都是"末事"，"第一立意要紧"，"若意趣真了，连词句不用修饰，自是好的"。此类好诗，古今很多。李白《送孟浩然之广陵》云："故人西辞黄鹤楼，烟花三月下扬州。孤帆远影碧空尽，唯见长江天际流。"岑参《春梦》云："洞房昨夜春风起，遥忆美人湘江水。枕上片时春梦中，行尽江南数千里。"都是对"第一"与"末事"的正确关系的形象化解说。若"第一"与"末事"能无缝对接，自是佳作；若二者不可得兼，舍"末事"而取"第一"，也是佳作。

梦湖谨识

于康乃馨老年生活城

2016年4月